U0037378

秒殺NEW TOEIC
金・藍色證書

NEW TOEIC

3,400
例句

掌握 新多益

附QR Code
線上音檔

最愛考 單字

Heather Scobie —— 著

席菡 —— 譯

笛藤出版

前　言 preface

　　目標 TOEIC 750 分 UP 的考生，你擁有足夠的字彙力了嗎？

　　許多考生背單字都是一字一字去記，靠土法煉鋼努力背下來的，但是這樣的方法既吃力，又容易背了就忘。曾幾何時，加強單字實力這件事，成了考生們不願面對的痛苦挑戰。

　　而準備 TOEIC 的你更千萬別忽略一件事：考 TOEIC 所面對的單字，它不只是單字而已。單字可能會出現在 TOEIC 考題 Part 1 照片題的描述句，也可能出現在 Part 2 應答題的疑問句，更甚者，會出現在 Part 7 閱讀測驗文章的長句之中。如果只知道單一個字的意思，當它出現在句中時，很容易就會感到困惑：「這個字我背過啊，怎麼出現在句子中我就不懂了呢？」明明下過苦心，卻不能有所回報，這樣不是很讓人氣餒嗎？因此本書要教你甩開傳統方法，記單字不用再一個字一個字死背了。

　　本書為目標 TOEIC 750 分以上的讀者，篩選出 TOEIC 最愛考、出題率最高的單字，涵蓋試題 92% 的字彙，依詞性分類後，按照頻率由高到低排列。單字頁跟短句頁，可以互相對照練習並搭配 QR Code 音檔練習聽力；單字不只是單薄的字，而是蘊含在「短語」(phrase) 之中的核心單字，帶領讀者進行自我訓練。藉由短語的意思，加深對核心單字的理解與記憶。一方面練習拼字，一方面更可以學到單字的使用方式，跳脫只記單字粗淺意義的老舊學習法。不僅如此，讀者若行有餘力，可以把短語中其他重要單字一起記下來，單字實力即可倍增。

美國老師 Heather 將 TOEIC 高出題率單字逐一撰寫成短語，其中不乏許多慣用語和常用表達句，相信能讓讀者學到最正確最道地的單字用法，迅速達成記憶效果。

　　嘗試看看吧！你會發現意想不到的例句帶領你逐步累積單字力，TOEIC 750 分 UP 的目標，在你的努力之下，一定能順利達成。

　　　　　　　　　　　　　　　　　　　編輯部

目　錄 contents

750 UP

860UP

♪MP3音檔連結

請掃描左方QR Code或輸入網址收聽：

https://bit.ly/toeicwords

(請注意英文大小寫區分)

◆英語發聲 Brian Foden

memo

☐☐	**adopt**	ə`dɑpt	領養
☐☐	**adopt**	ə`dɑpt	採取，採納
☐☐	**defeat**	dɪ`fit	戰勝，打敗
☐☐	**delete**	dɪ`lit	刪除
☐☐	**dismiss**	dɪs`mɪs	解僱，開除
☐☐	**dismiss**	dɪs`mɪs	解散，下 (課)
☐☐	**glue**	glu	黏著，黏牢
☐☐	**jail**	dʒel	監禁
☐☐	**jeopardize**	`dʒɛpəd͵aɪz	使處於危險
☐☐	**ruin**	`ruɪn	毀壞，毀滅
☐☐	**spoil**	spɔɪl	搞壞
☐☐	**spoil**	spɔɪl	溺愛，寵壞
☐☐	**divide**	də`vaɪd	劃分
☐☐	**purchase**	`pɜtʃəs	購買
☐☐	**locate**	lo`ket	位於

adopt a child	領養小孩
adopt a new policy	採納新政策
defeat the enemy	戰勝敵人
delete the file on the computer	刪除電腦檔案
He was dismissed.	他被解僱了
dismiss school early	提早放學
glue the pieces back together	把碎片黏回去
jail the criminal	監禁罪犯
jeopardize our future	危及我們的將來
ruin my chance at it	毀掉我的機會
spoil your appetite	搞壞你的胃口
spoil the child	寵壞小孩
The lecture was divided into two parts.	授課分為兩部分
purchase new clothes	買新衣服
The bakery is located at the street corner.	麵包店位於街角

☐☐	**locate**	loˋket	找出…的位置
☐☐	**indicate**	ˋɪndə͵ket	表明，指出
☐☐	**indicate**	ˋɪndə͵ket	指示
☐☐	**enclose**	ɪnˋkloz	把…封入
☐☐	**track**	træk	追蹤
☐☐	**advertise**	ˋædvɚ͵taɪz	打廣告，宣傳
☐☐	**award**	əˋwɔrd	授予，頒（獎）
☐☐	**guarantee**	͵gærənˋti	保證
☐☐	**lower**	ˋloɚ	降低，減低
☐☐	**invest**	ɪnˋvɛst	投資
☐☐	**invest**	ɪnˋvɛst	投入（時間，金錢）
☐☐	**predict**	prɪˋdɪkt	預測，預言
☐☐	**register**	ˋrɛdʒɪstɚ	登記，註冊
☐☐	**register**	ˋrɛdʒɪstɚ	以掛號郵寄
☐☐	**examine**	ɪgˋzæmɪn	檢查

locate the file on his desk	在書桌上找出檔案
Please indicate your preference.	請表明你的偏好
indicate where to go	指示要去哪裡
enclose a check with the letter	信中附上支票
track his progress	追蹤他的進展
advertise the sale	為特賣會打廣告
awarded him a prize	頒給他獎項
guarantee that you'll enjoy it	保證你會喜歡
lower the price	降低價格
invest the money in stocks	投資股票
invest much time in the project	投入許多時間在企劃上
predict the future	預測未來
register myself for the class	登記這門課程
He got the letter registered.	他用掛號寄信
examine the results closely	仔細檢查結果

examine	ɪgˋzæmɪn	測驗,考
quit	kwɪt	離開（工作職位）
quit	kwɪt	戒掉,停止
appreciate	əˋpriʃɪˏet	感謝,感激
appreciate	əˋpriʃɪˏet	欣賞,鑑賞
involve	ɪnˋvɑlv	牽涉,使捲入
resume	rɪˋzjum	重新開始,繼續
expand	ɪkˋspænd	擴大,擴展,增加
divorce	dəˋvors	離婚
consult	kənˋsʌlt	諮詢,商量
flavor	ˋflevɚ	調味
obtain	əbˋten	獲得
extend	ɪkˋstɛnd	伸長
extend	ɪkˋstɛnd	延長,擴大
adjust	əˋdʒʌst	調整

examine the students in history	測驗學生歷史
She quit her job.	她離職了
quit smoking	戒菸
appreciate your coming over	感激你的來訪
appreciate the art of film	欣賞電影藝術
involve her in the discussion	把她牽扯進討論中
resume talking later on	晚點繼續談
expand the business	擴展業務
She will divorce him this summer.	今夏她將和他離婚
consult my lawyer	諮詢我的律師
flavor the beef with curry	牛肉以咖哩調味
obtain a permit for building	獲得建築許可
extend your arm	伸長你的手臂
extend your stay	延長你的停留時間
adjust the time on your watch	調整手表時間

	install	ɪnˋstɔl	安裝，設置
	estimate	ˋɛstəˏmet	估計，估價
	secure	sɪˋkjʊr	保護，使安全
	marry	ˋmærɪ	和 ... 結婚
	promote	prəˋmot	促銷，宣傳
	promote	prəˋmot	晉升
	assign	əˋsaɪn	分派，指定
	contribute	kənˋtrɪbjut	捐獻，捐助
	poll	pol	對 ... 進行民調
	qualify	ˋkwɑləˏfaɪ	使 ... 具備資格
	commission	kəˋmɪʃən	委託
	convince	kənˋvɪns	說服
	communicate	kəˋmjunəˏket	傳達，傳播
	injure	ˋɪndʒə	使受傷，傷害
	exceed	ɪkˋsid	超出，超過

install a new stereo in the car	在車上安裝新音響
estimate the cost for the party	估計派對費用
secure job opportunities	保障工作機會
marry a baker	和麵包師傅結婚
promote the event online	線上宣傳活動
promote him to manager	把他升為經理
assign tasks to the employees	分派工作給員工
contribute money to the project	捐錢給該計畫
poll the voters about their opinions	對選民意見進行民調
She is qualified to be a teacher.	她具教師資格
commission an environmental study	委託進行環境研究
convince him to go on vacation	說服他去渡假
communicate my opinion clearly	清楚傳達我的意見
injured my arm	傷了我的手臂
exceeded our budget	超出我們的預算

☐☐	**exceed**	ɪkˋsid	超過(法令)限制
☐☐	**exhaust**	ɪgˋzɔst	使精疲力盡
☐☐	**exhaust**	ɪgˋzɔst	用完,耗盡
☐☐	**deserve**	dɪˋzɜv	值得,應得
☐☐	**ignore**	ɪgˋnor	不理會,忽視
☐☐	**observe**	əbˋzɜv	觀察
☐☐	**launch**	lɔntʃ	開始從事,發起
☐☐	**launch**	lɔntʃ	上市,發行
☐☐	**score**	skor	(比賽或考試)得分
☐☐	**oppose**	əˋpoz	反對
☐☐	**search**	sɜtʃ	搜尋,查找
☐☐	**stress**	strɛs	強調
☐☐	**decline**	dɪˋklaɪn	婉拒
☐☐	**exhibit**	ɪgˋzɪbɪt	陳列,展示
☐☐	**restore**	rɪˋstor	復甦,恢復

exceed the speed limit	超過時速限制
I've been exhausted.	我已經累壞了
exhaust all the resources	用盡所有資源
deserve what he got	他自作自受
ignore his phone calls	不理會他的來電
observe the fish in the water	觀察水中的魚
launch a new restaurant	開始經營新餐廳
launch the latest product	發行最新產品
score 35 points in a game	單場比賽得35分
oppose the bill in Congress	反對這項法案
search the drawer for a pencil	在抽屜裡找鉛筆
stress that I can do it	強調我辦得到
decline his invitation to dinner	婉拒他晚餐的邀約
exhibit the pieces in a museum	在美術館展出藝術品
restore confidence in the economy	經濟信心復甦

☐☐	**restore**	rɪˋstor	修補, 整修
☐☐	**scare**	skɛr	驚嚇, 使恐懼
☐☐	**seal**	sil	密封
☐☐	**honor**	ˋɑnə	使…榮耀, 增光
☐☐	**twist**	twɪst	扭彎, 扭轉, 扭傷
☐☐	**twist**	twɪst	曲解
☐☐	**wrap**	ræp	包裝
☐☐	**abuse**	əˋbjuz	濫用
☐☐	**abuse**	əˋbjuz	虐待
☐☐	**amaze**	əˋmez	使…驚奇
☐☐	**filter**	ˋfɪltə	過濾
☐☐	**pioneer**	ˌpaɪəˋnɪr	開發, 開拓
☐☐	**strain**	stren	拉傷, 扭傷
☐☐	**strain**	stren	拉緊, 使…緊張
☐☐	**label**	ˋlebl̩	用標籤標明

restore the old house	修補老房子
The movie scares children.	這部電影會嚇到小孩
seal the plastic bag	將塑膠袋密封
honor the firefighter with an award	消防員得獎增添光榮
twisted my wrist	扭傷我的手腕
twist her words	曲解她的話
wrap the present	包裝禮物
abuse his power	濫用權力
Don't abuse animals.	不要虐待動物
The view amazes me.	此景使我感到驚奇
filter the tea leaves out	濾掉茶葉
pioneered a new way of building	開拓建築的新方法
strained my back	扭傷我的背部
strained the relationship with a fight	吵架造成關係緊張
labeled the files clearly	用標籤清楚標明檔案

relieve	rɪˋliv	減輕,舒緩,解除
discourage	dɪsˋkɝɪdʒ	勸阻
expose	ɪkˋspoz	使接觸
expose	ɪkˋspoz	揭露
retain	rɪˋten	保留,留住
shift	ʃɪft	轉移,移動
shift	ʃɪft	更換,變動
calm	kɑm	使平靜
crush	krʌʃ	摧毀
crush	krʌʃ	壓壞,壓碎
pose	poz	造成,引起
split	splɪt	劃分,分割
toss	tɔs	攪拌
toss	tɔs	扔,丟
accuse	əˋkjuz	指控

relieved his pain with medicine	用藥舒緩疼痛
discourage him from attending	勸他不要參加
expose the child to bad movies	讓兒童接觸不良的電影
exposed his mistake to his boss	在老闆面前揭露他的錯誤
Please retain your receipts.	請保留你的收據
shift my attention to the problem	轉移注意力到問題上
shift lanes to exit the freeway	變換車道下高速公路
calmed the baby down	使嬰兒平靜下來
crush his dreams	摧毀他的夢想
crush the ice in the glass	把杯子裡的冰塊壓碎
pose many problems	造成許多問題
split my time between two jobs	分割時間在兩份工作上
toss the salad	攪拌沙拉
toss the trash in the can	把垃圾扔進桶裡
accused me of lying	指控我說謊

☐☐	**burden**	`bɝdn̩	增加…的負擔
☐☐	**chop**	tʃɑp	切細，剁碎，砍
☐☐	**decorate**	`dɛkəˌret	裝飾，佈置
☐☐	**monitor**	`mɑnətə	監測，監視
☐☐	**organize**	`ɔrgəˌnaɪz	籌辦，安排
☐☐	**organize**	`ɔrgəˌnaɪz	整理，使有條理
☐☐	**pray**	pre	祈禱，祈求
☐☐	**privilege**	`prɪvl̩ɪdʒ	給予 … 特權
☐☐	**shield**	ʃild	(遮住以) 保護
☐☐	**skip**	skɪp	不出席，蹺 (課)
☐☐	**skip**	skɪp	略過
☐☐	**escape**	ə`skep	逃避，逃脫
☐☐	**praise**	prez	讚美，表揚
☐☐	**silence**	`saɪləns	使…安靜
☐☐	**sink**	sɪŋk	使下沉，使陷入

burden my parents with the tuition	學費加重我父母的負擔
chop the vegetables for a salad	切碎蔬菜做沙拉
decorate the room well	房間佈置得很棒
monitor your progress closely	仔細監測你的進展
organize a farewell party	籌辦歡送會
organize my arguments	整理好我的論點
pray that he'll let me go	祈禱他會讓我走
privilege him to visit her at any time	他有特權可以隨時拜訪她
shield my eyes from the sun	遮住陽光保護我的眼睛
skip class to go to the movies	蹺課去看電影
skipped lunch today	今天沒吃午餐
escape work for the afternoon	下午沒去上班
praise him for his contribution	表揚他的貢獻
silence the kids	使小孩子安靜下來
sink the company into trouble	使公司陷入困境

	boast	bost	以擁有…而自豪
	breed	brid	飼養
	breed	brid	培養 , 培育
	chase	tʃes	追逐 , 追尋
	chase	tʃes	追求 , 求愛
	delight	dɪˋlaɪt	使 … 高興
	frighten	ˋfraɪtn̩	使驚恐 , 使害怕
	loose	lus	把 … 放開
	loosen	ˋlusn̩	鬆開 , 解開
	occupy	ˋɑkjə‚paɪ	佔用 (時間 , 空間)
	occupy	ˋɑkjə‚paɪ	居住 , 使用 (房屋 , 建築)
	occupy	ˋɑkjə‚paɪ	使忙於 , 使從事
	relate	rɪˋlet	把 … 聯繫起來
	treasure	ˋtrɛʒɚ	珍惜
	wound	wund	傷害

The conntry boasts a long history.	該國以歷史悠久為豪
breed dogs as a hobby	以飼養小狗為嗜好
breed him for management	培養他經營管理能力
chase his dreams	追尋他的夢想
He likes chasing girls.	他喜歡追求女孩
delight her parents with her success	她的成功讓父母高興
frighten him to death	把他嚇得要死
let loose the dog	放開這隻狗
loosen my tie	鬆開我的領帶
occupy my time with these problems	這些問題佔用我的時間
occupy the apartment until May	在這間公寓住到五月
I'm occupied with my work.	我忙於工作
relate the story to my own experience	把故事跟自身經驗聯繫起來
treasure the gift you gave me	珍惜你給我的禮物
wound the solider	傷害這名士兵

forecast	`for͵kæst	預測 , 預報
manufacture	͵mænjə`fæktʃə	製造
yield	jild	出產 , 產生 , 提供
rumor	`rumə	謠傳
murder	`mɜdə	謀殺
crack	kræk	敲開 , 裂開
discover	dɪs`kʌvə	發現
discover	dɪs`kʌvə	找到
greet	grit	迎接 , 打招呼
possess	pə`zɛs	擁有 , 具有
possess	pə`zɛs	支配 , 控制
reward	rɪ`wɔrd	獎勵
ride	raɪd	乘 , 騎
rob	rɑb	搶劫
rob	rɑb	剝奪 , 使喪失

forecast sales for next year	預測明年銷售量
manufacture the item in Brazil	在巴西製造這項物品
yield good returns	產生豐厚利潤
rumored that the company is failing	謠傳這間公司將倒閉
He was murdered in his apartment.	他在自家公寓遭到謀殺
crack the eggs into a bowl	把蛋敲開放入碗裡
discover a new restaurant	發現新餐廳
discovered photos in his closet	在他的衣櫃裡找到照片
greet him at the door	在門邊迎接他
possess two cars	擁有兩輛車
The idea possessed me.	這個想法縈繞我心
reward his good behavior	獎勵他的良好行為
ride the bus to work	搭公車上班
robbed the man of his wallet	搶劫這名男子的皮夾
robbed her of her dignity	剝奪她的尊嚴

threaten	ˋθrɛtn̩	威嚇，威脅
recall	rɪˋkɔl	回想，記起
recall	rɪˋkɔl	回收（瑕疵商品等）
cast	kæst	投射
cast	kæst	投（票）
deny	dɪˋnaɪ	否認
deny	dɪˋnaɪ	拒絕給予
caution	ˋkɔʃən	警告，告誡
hint	hɪnt	暗示，示意
offend	əˋfɛnd	冒犯
pretend	prɪˋtɛnd	假裝
rub	rʌb	摩擦
rub	rʌb	惹惱，觸怒
tap	tæp	輕拍，輕敲
translate	trænsˋlet	翻譯

threaten him with words	用言語威脅他
recall the childhood memories	回想童年往事
recalled cell phone batteries	回收手機電池
cast a smile at him	對他投以微笑
cast a vote for president	投票選總統
deny his accusations	否認他的指控
being denied entry into the club	被拒絕進入俱樂部
cautioned him against attending	告誡他不要參加
hint that he might be there	暗示他可能會在那裡
offend him with what I said	我的話冒犯到他
pretend to be concerned	假裝關心
rub her back	擦她背部
rubbed him the wrong way	惹惱了他
tap him on the shoulder	輕拍他的肩膀
translate the book into Japanese	把這本書翻譯成日文

transport	træns`pɔrt	運送, 運輸
inspire	ɪn`spaɪr	激勵, 鼓舞
inspire	ɪn`spaɪr	賦予 ... 靈感
drill	drɪl	鑽（孔）
sentence	`sɛntəns	判決
beg	bɛg	請求
beg	bɛg	乞討
bury	`bɛrɪ	埋藏, 埋葬
bury	`bɛrɪ	專心於, 埋頭於
invent	ɪn`vɛnt	發明, 創造
invent	ɪn`vɛnt	虛構, 編造
mount	maʊnt	發動, 發起
mount	maʊnt	登上, 騎上
neglect	nɪg`lɛkt	忽略, 疏忽
neglect	nɪg`lɛkt	忘記做

transport the package home	把包裹運送回家
inspire me to succeed	激勵我成功
words that inspired the actor	賦予演員靈感的文字
drilled the board with screws	用螺絲釘在木板上鑽孔
sentenced him to imprisonment	判決他坐牢
begged his forgiveness	請求他的原諒
beg money on the street	在街上討錢
bury it in the ground	把它埋入地底
buried her with paperwork	她埋頭做文書工作
invent a new machine	發明新機器
invent excuses for your absence	為缺席捏造藉口
mount a defense	發動防護
mount the horse	騎上馬
neglect the kids	忽略小孩子
neglected to turn off the fan	忘了關電風扇

☐☐	**rival**	`raɪvl̩	與 ... 匹敵
☐☐	**swear**	swɛr	發誓, 保證
☐☐	**sweep**	swip	清掃, 掃去
☐☐	**sketch**	skɛtʃ	素描, 畫草圖
☐☐	**sketch**	skɛtʃ	草擬, 概述
☐☐	**cheat**	tʃit	欺騙, 詐取
☐☐	**conclude**	kən`klud	結束
☐☐	**conclude**	kən`klud	推斷出, 作出結論
☐☐	**insult**	ɪn`sʌlt	侮辱
☐☐	**resemble**	rɪ`zɛmbl̩	相像, 類似
☐☐	**nod**	nɑd	點頭表示
☐☐	**punish**	`pʌnɪʃ	處罰
☐☐	**appoint**	ə`pɔɪnt	任命, 指派
☐☐	**appoint**	ə`pɔɪnt	指定, 安排
☐☐	**bind**	baɪnd	捆綁, 裝訂, 包

rivals the best dancers	與最好的舞者匹敵
swear him to secrecy	對他發誓保密
sweep the clutter aside	把髒亂物品掃到旁邊
sketch a drawing	素描寫生
sketch a plan out	草擬計畫
cheat him out of money	詐騙他的錢
conclude the concert	結束這場音樂會
What do you conclude from that?	你由那件事得到什麼結論？
insult his pride	侮辱他的自尊
She resembles her mom.	她像她媽媽
nod his head yes	他點頭表示同意
punish her for cheating	因為作弊而處罰她
appointed a new manager	任命新的經理
appoint a time for meeting	指定開會時間
bind the pieces together	把這幾片綁在一起

☐☐	**construct**	kəns`trʌkt	建造 , 構築
☐☐	**construct**	kəns`trʌkt	造 (句), 創立 (學說)
☐☐	**deduct**	dɪ`dʌkt	扣除
☐☐	**scatter**	`skætɚ	撒播 , 散開
☐☐	**protest**	prə`tɛst	抗議 , 反對
☐☐	**conquer**	`kɑŋkɚ	戰勝 , 克服
☐☐	**endure**	ɪn`djʊr	忍受
☐☐	**grasp**	græsp	握緊 , 抓牢
☐☐	**grasp**	græsp	了解 , 懂
☐☐	**hollow**	`hɑlo	挖空
☐☐	**impose**	ɪm`poz	強加 , 徵 (稅)
☐☐	**oblige**	ə`blaɪdʒ	迫使 , 使…不得不
☐☐	**outline**	`aʊt͵laɪn	概述 , 畫出輪廓
☐☐	**parallel**	`pærə͵lɛl	比較 , 相似
☐☐	**smash**	smæʃ	粉碎 , 擊退

construct a new house	建造新房子
construct a sentence	造一個句子
deduct the cost	扣除費用
scatter chocolate sprinkles	撒上巧克力屑
protest the wage decrease	抗議薪水減少
conquer enemies	戰勝敵人
endure the pain	忍痛
grasp my hand	握緊我的手
grasp the idea	了解這個想法
hollow out the inside	挖空內部
impose a favor on you	勉強你接受善意
feel obliged to attend	不得不參加
outline the plan	略述計畫
a situation paralleling this one	和這相似的情形
smash a bug	打蟲子

clarify	`klærəˌfaɪ	闡明, 淨化
comfort	`kʌmfət	安慰
remit	rɪ`mɪt	匯送
stake	stek	拿…冒險, 打賭
cruise	kruz	漫遊, 徘徊
mortgage	`mɔrgɪdʒ	抵押
encounter	ɪn`kaʊntə	意外遇見
focus	`fokəs	集中, 聚焦
patent	`pætn̩t	取得…的專利權
assume	ə`sjum	假定, 認為
analyze	`æn̩ˌaɪz	分析
appropriate	ə`proprɪˌet	撥出, 挪用
institute	`ɪnstəˌtjut	開始, 著手, 設立
invoice	`ɪnvɔɪs	開發票 (給)
portion	`porʃən	分配, 分成幾份

clarify your question	澄清你的問題
comfort her with a hug	用擁抱安慰她
remit payment	匯款
stake my life on it	拿我的生命冒險
cruise the town	在鎮上漫遊
mortgage a house	抵押房子
encounter my friend	巧遇我的朋友
focus your attention	集中注意力
patent an invention	取得發明的專利權
assume the worst	假設最壞的情況
analyze the situation	分析情況
appropriated funds for the station	撥款建造車站
institute changes	著手改變
invoice us for the repairs	開修理費的發票給我們
portion the food	分配食物

☐	**investigate**	ɪnˋvɛstəˌget	調查
☐	**bite**	baɪt	咬
☐	**code**	kod	編碼,譯成電碼
☐	**preserve**	prɪˋzɝv	維持,維護
☐	**preserve**	prɪˋzɝv	保存
☐	**site**	saɪt	使…座落在
☐	**disorder**	dɪsˋɔrdɚ	混亂,擾亂
☐	**expend**	ɪkˋspɛnd	用光,耗盡
☐	**imply**	ɪmˋplaɪ	暗示
☐	**inquire**	ɪnˋkwaɪr	詢問,調查
☐	**microwave**	ˋmaɪkroˌwev	微波
☐	**combine**	kəmˋbaɪn	使結合,使聯合
☐	**enable**	ɪnˋebḷ	使能夠,使可能
☐	**fasten**	ˋfæsn̩	繫,綁
☐	**urge**	ɝdʒ	極力主張,強烈要求

investigate the claims	調查索賠
bite a piece off	咬掉一塊
code a computer program	編寫電腦程式碼
preserve our friendship	維持我們的友誼
preserve paintings in museum	保存博物館的畫作
site the house on a hill	把房子蓋在山丘上
disordered my thoughts	擾亂我的思緒
expend a lot of energy	耗盡許多精力
imply that she did it	暗示是她做的
inquire your name	詢問你的大名
microwave leftovers	微波殘羹
combine the ingredients	結合材料
enable me to go early	讓我可以早點走
fasten your seatbelt	綁好你的安全帶
urge you to use caution	強烈要求你小心

☐☐	**compromise**	`kɑmprə͵maɪz	違背，放棄
☐☐	**confuse**	kən`fjuz	困惑，搞混
☐☐	**disturb**	dɪs`tɝb	打擾，妨礙
☐☐	**prescribe**	prɪ`skraɪb	規定，開（藥）
☐☐	**sue**	su	控告
☐☐	**acquire**	ə`kwaɪr	獲得，學到
☐☐	**charm**	tʃɑrm	吸引，迷住
☐☐	**demonstrate**	`dɛmən͵stret	表露，展現
☐☐	**postpone**	po`spon	延期，延緩
☐☐	**reveal**	rɪ`vil	展現，揭露
☐☐	**scratch**	skrætʃ	抓，劃破
☐☐	**task**	tæsk	派給⋯工作
☐☐	**anticipate**	æn`tɪsə͵pet	預料，預支
☐☐	**consume**	kən`sjum	消耗，花費
☐☐	**detect**	dɪ`tɛkt	察覺，發現

750up

compromise our principles	違背我們的原則
What you said confused me.	你說的話讓我困惑
Don't disturb the baby.	不要打擾小嬰兒
prescribe medicine	開藥
sue you for damages	向你要求損害賠償
acquire a new house	獲得一棟新房屋
charmed the kids	把小孩給迷住了
demonstrate my sincerity	展現我的誠意
postpone the meeting	會議延期
reveal the truth	揭露事實
scratch the surface	劃破表面
task her with the setup	派給她裝配工作
anticipate the conclusion	預料結局
consume a lot of time	花掉很多時間
detect a flaw	發現有瑕疵

☐☐	**entitle**	ɪn`taɪt!	題名,賦予權力
☐☐	**prohibit**	prə`hɪbɪt	禁止
☐☐	**recycle**	ri`saɪk!	回收利用
☐☐	**devote**	dɪ`vot	奉獻,致力
☐☐	**adapt**	ə`dæpt	改編
☐☐	**bother**	`bɑðə	打擾,使⋯不安
☐☐	**calculate**	`kælkjə.let	計算
☐☐	**concentrate**	`kɑnsɛn.tret	專心致力
☐☐	**mess**	mɛs	弄髒,毀壞
☐☐	**multiply**	`mʌltəplaɪ	相乘,繁殖
☐☐	**vary**	`vɛrɪ	使不同,使多樣化
☐☐	**alert**	ə`lɝt	警覺,注意
☐☐	**dispose**	dɪ`spoz	使傾向於,處理
☐☐	**dissolve**	dɪ`zɑlv	使融化,溶解
☐☐	**embarrass**	ɪm`bærəs	使困窘,使尷尬

entitles the movie" Forever"	把電影取為永恆
prohibits smoking	禁止抽菸
recycle the plastic	塑膠回收
devote a lot of time	奉獻很多時間
adapt a book into a movie	把書改編成電影
bother her with a problem	問題困擾著她
calculate the tip	計算小費
concentrate your attention	集中注意力
mess the house	弄亂房子
multiply numbers	把數字相乘
vary the menu	菜單多樣化
alert her to the time of the meeting	提醒她開會時間
His mood disposed him to say "no."	他的心情使他拒絕
dissolve the sugar	溶解砂糖
embarrass my daughter	讓我女兒尷尬

☐☐	**renew**	rɪ`nju	恢復, 重建
☐☐	**stain**	sten	沾污
☐☐	**trim**	trɪm	修剪, 整理
☐☐	**withdraw**	wɪð`drɔ	提領, 退出
☐☐	**absorb**	əb`sɔrb	吸收
☐☐	**associate**	ə`soʃɪet	聯想, 結合
☐☐	**command**	kə`mænd	命令
☐☐	**command**	kə`mænd	指揮, 統率
☐☐	**commit**	kə`mɪt	犯（罪）
☐☐	**criticize**	`krɪtɪ͵saɪz	批評
☐☐	**distribute**	dɪ`strɪbjut	分發, 分佈
☐☐	**drag**	dræg	拉, 拖
☐☐	**emphasize**	`ɛmfə͵saɪz	強調, 加強
☐☐	**engage**	ɪn`gedʒ	使忙於, 吸引, 佔用
☐☐	**fold**	fold	摺疊

renew my trust	恢復我的信任
stained his sweater	沾污他的毛衣
trim your hair	修剪你的頭髮
withdraw money from the account	從帳戶裡領錢
absorb water	吸水
associate the sun with being happy	由太陽聯想到快樂
command her to leave now	命令她即刻離開
command an army	指揮軍隊
commit a crime	犯罪
criticize her efforts	批評她的努力
distribute the forms	分發表格
drag me to the store	把我拉到店裡
emphasize the main point	強調主要論點
He was engaged in writing a book.	他忙於寫書
fold clothes	摺衣服

	stir	stɝ	移動, 攪動
	dispute	dɪ`spjut	質疑, 爭論
	exclude	ɪk`sklud	排除, 不包含
	furnish	`fɝnɪʃ	佈置, 配置 (傢俱)
	grab	græb	(匆忙地) 吃喝, 拿取
	grab	græb	抓住
	grab	græb	吸引
	peel	pil	剝皮, 去皮
	strap	stræp	用帶子捆綁
	vow	vaʊ	發誓
	accomplish	ə`kɑmplɪʃ	完成, 達到
	amuse	ə`mjuz	逗 ... 高興, 娛樂
	await	ə`wet	等待
	chill	tʃɪl	使冰冷, 冷藏
	clip	klɪp	剪輯 (報紙), 修剪

stir the flowers	吹動花朵
dispute the claims	對聲明提出質疑
exclude that possibility	排除那個可能性
furnish the new house	佈置房子
grab a bite	匆匆吃一口
grabbed my arm	抓住我的手臂
grabs your attention	吸引你的注意
peel an orange	剝柳丁皮
strap the suitcases together	把皮箱捆在一起
vow to speak the truth	發誓說實話
accomplish his goals	完成他的目標
amuse her with jokes	用笑話逗她開心
await your call	等你電話
chill the cake	將蛋糕冷藏
clip it out of the newspaper	從報紙上剪下來

	distinguish	dɪˋstɪŋgwɪʃ	區別
	fate	fet	注定
	heal	hil	治癒
	intensity	ɪnˋtɛnsə͵faɪ	增強，使激烈
	misunderstand	͵mɪsʌndəˋstænd	誤會
	overlook	͵ovəˋluk	忽略，忽視
	reverse	rɪˋvɝs	顛倒，倒轉
	scold	skold	責罵
	sponsor	ˋspɑnsə	資助，贊助
	strip	strɪp	剝去，剝奪
	resign	rɪˋzaɪn	放棄，辭去
	shrink	ʃrɪŋk	皺縮，縮減
	assure	əˋʃur	向 ... 保證，使確信
	blend	blɛnd	混合
	clap	klæp	輕拍

distinguish right from wrong	明辨是非
He was fated to die young.	他注定英年早逝
heal the sick	治癒病人
intensify the emotion	情感加劇
misunderstand what she said	誤會她的話
overlooked a mistake	忽略一個錯誤
reverse the order	顛倒順序
scolded the child	責罵小孩
sponsored the baseball team	贊助這支棒球隊
stripped her clothes off	脫掉她的衣服
resigned her position	辭去她的職位
shrunk my sweater	我的毛衣縮水
assure him that I will go	向他保證我會去
blend the ingredients together	把材料混在一起
clap your hands	拍手

☐☐	**contrast**	kən`træst	對比,對照
☐☐	**debate**	dɪ`bet	討論,爭論
☐☐	**descend**	dɪ`sɛnd	走下
☐☐	**discipline**	`dɪsəplɪn	訓練
☐☐	**instruct**	ɪn`strʌkt	指導
☐☐	**overcome**	ˌovɚ`kʌm	戰勝,克服
☐☐	**rescue**	`rɛskju	營救
☐☐	**resolve**	rɪ`zɑlv	決定
☐☐	**scheme**	skim	策劃,密謀
☐☐	**sew**	so	縫合,縫補
☐☐	**snap**	snæp	折斷
☐☐	**squeeze**	skwiz	榨,擠
☐☐	**trace**	tres	查出
☐☐	**venture**	`vɛntʃɚ	冒險,大膽提出
☐☐	**bug**	bʌg	激怒,煩擾

compare and contrast the movies	將電影比較對照
debate the merits of the proposals	討論提案的優點
descend the stairs	走下樓
need to discipline myself	需要自我訓練
instruct people in English	教人英文
overcome adversity	戰勝逆境
rescue her from the building	從大樓裡將她救出
resolve to finish	決心完成
scheme to bomb the building	密謀炸掉大樓
sew the skirt	縫補裙子
snapped it in half	折成兩半
squeeze some lemon juice	擠點檸檬汁
trace her address	查出她的地址
venture a guess	大膽猜測
Her question bugged him.	她的問題激怒了他

☐☐	**convey**	kən`ve	表達, 傳達
☐☐	**highlight**	`haɪˌlaɪt	強調, 加強
☐☐	**restrict**	rɪ`strɪkt	限制
☐☐	**snatch**	snætʃ	搶走
☐☐	**strengthen**	`strɛŋθən	增強
☐☐	**undergo**	ˌʌndə`go	經歷
☐☐	**undergo**	ˌʌndə`go	接受
☐☐	**vacuum**	`vækjʊəm	用吸塵器清掃
☐☐	**alter**	`ɔltə	改變, 修改
☐☐	**contest**	kən`tɛst	爭辯, 提出異議
☐☐	**declare**	dɪ`klɛr	宣佈, 宣告
☐☐	**declare**	dɪ`klɛr	申報
☐☐	**define**	dɪ`faɪn	解釋, 下定義
☐☐	**envy**	`ɛnvɪ	羨慕, 嫉妒
☐☐	**harvest**	`hɑrvɪst	收穫, 收成

conveys the point well	妥善表達想法
highlights their differences	強調不同處
restrict your calories	限制卡路里
snatched the doll out of her hands	從她手中搶走娃娃
strengthen his ability	加強他的能力
undergo many hardships	經歷許多苦難
undergo surgery	接受手術治療
vacuum the carpet	用吸塵器清地毯
alter the original plan	改變原定計畫
contest the ticket	對罰單提出異議
declared independence	宣佈獨立
declare goods to customs	商品報關
define the word	定義這個字
envy her family	羨慕她的家庭
harvest the vegetables	蔬菜收成

☐☐	**inherit**	ɪn`hɛrɪt	繼承,遺傳
☐☐	**leap**	lip	跳躍,躍過
☐☐	**obey**	ə`be	服從,遵守
☐☐	**output**	`aʊtˌpʊt	出產
☐☐	**panic**	`pænɪk	使恐慌
☐☐	**remark**	rɪ`mɑrk	評論,談到
☐☐	**sacrifice**	`sækrəˌfaɪs	犧牲
☐☐	**tender**	`tɛndə	提出,提交
☐☐	**thrill**	θrɪl	使激動,使顫抖
☐☐	**evaluate**	ɪ`væljuˌet	對 ... 評價
☐☐	**headline**	`hɛdˌlaɪn	下標題
☐☐	**regulate**	`rɛgjəˌlet	調整,控制
☐☐	**tempt**	tɛmpt	誘惑,打動
☐☐	**assert**	ə`sɝt	堅稱,主張
☐☐	**ban**	bæn	禁止,取締

inherit money from her grandma	繼承她祖母遺產
leap the wall	躍牆而過
obey the law	守法
output many products	生產許多產品
panic the people	使人民恐慌
remarked that he enjoyed the film	談到他很喜歡這部片
sacrifice my time	犧牲我的時間
tender his resignation	遞交他的辭呈
thrilled him with the news	這消息令他激動
evaluate your performance	評價你的表演
headline the news	下新聞標題
regulate the temperature	調節溫度
tempt me with food	用食物引誘我
assert my opinion	堅持我的意見
ban weapons	禁止武器

☐☐	**capture**	`kæptʃɚ	拍攝,捕捉
☐☐	**capture**	`kæptʃɚ	引起
☐☐	**explode**	ɪk`splod	引爆
☐☐	**humble**	`hʌmbl̩	使 ... 謙卑
☐☐	**invade**	ɪn`ved	入侵,侵擾
☐☐	**justify**	`dʒʌstə͵faɪ	為 ... 辯解,證明 ... 是正當的
☐☐	**mend**	mɛnd	修補
☐☐	**perceive**	pɚ`siv	察覺,意識到
☐☐	**persuade**	pɚ`swed	說服
☐☐	**plot**	plɑt	密謀,策劃
☐☐	**volunteer**	͵vɑlən`tɪr	自願(做)
☐☐	**prolong**	prə`lɔŋ	延長,拖延
☐☐			
☐☐			
☐☐			

capture a good photo	拍攝出好照片
capture our imaginations	引發我們的想像力
exploded the bomb	引爆炸彈
The experience humbled him.	經驗使他謙卑
invade the house	入侵這棟房子
You don't have to justify her behavior.	你不必為她的行為辯解
mend these pants	補褲子
perceive a change	察覺改變
persuade you to go	說服你去
plot a crime	密謀犯罪
volunteer myself to go first	我自願先去
prolong her life	延長她的生命

☐☐	**arise**	əˋraɪz	產生,出現
☐☐	**arise**	əˋraɪz	升起,上升
☐☐	**gossip**	ˋgɑsəp	說閒話,講八卦
☐☐	**burst**	bɜst	爆炸,破裂
☐☐	**burst**	bɜst	突然開始 (做某事)
☐☐	**spin**	spɪn	旋轉
☐☐	**spoil**	spɔɪl	(食物) 變質,腐壞
☐☐	**dine**	daɪn	用餐,進餐
☐☐	**register**	ˋrɛdʒɪstə	登記,註冊
☐☐	**reside**	rɪˋzaɪd	居住
☐☐	**appreciate**	əˋpriʃɪˏet	升值,增值
☐☐	**expand**	ɪkˋspænd	擴大,增加
☐☐	**consult**	kənˋsʌlt	商量
☐☐	**contribute**	kənˋtrɪbjut	貢獻,有助於
☐☐	**contribute**	kənˋtrɪbjut	是 ... 的原因之一

A question arose after the discussion.	討論後產生一個問題
arose from the river	從河面升起
girls gossiped about their classmates	女孩們說同學的閒話
The balloon burst.	氣球破掉了
burst out laughing	突然大笑起來
spin around on the chair	坐在椅子上旋轉
food spoiled overnight	食物一夜間腐壞
dined in the best restaurants.	在最好的餐廳用餐
register at city hall	在市政府登記
reside in another state	居住在另一州
The amount appreciated considerably.	金額大幅增值
The population expanded rapidly.	人口快速增加
consult with my family	和我家人商量
contribute little to the economy	對經濟貢獻不大
Fatigue contributed to his death.	疲勞是他的死因之一

☐☐	**participate**	pɑrˋtɪsəˌpet	參加, 參與
☐☐	**qualify**	ˋkwɑləˌfaɪ	取得資格, 有資格
☐☐	**alternate**	ˋɔltəˌnet	交替, 輪流
☐☐	**communicate**	kəˋmjunəˌket	溝通, 交流
☐☐	**compete**	kəmˋpit	競爭, 對抗
☐☐	**proceed**	prəˋsid	進行, 繼續做
☐☐	**proceed**	prəˋsid	接著做
☐☐	**proceed**	prəˋsid	行進, 前往
☐☐	**remain**	rɪˋmen	保持, 仍是
☐☐	**remain**	rɪˋmen	剩下, 剩餘
☐☐	**lecture**	ˋlɛktʃə	授課, 講課
☐☐	**resort**	rɪˋzɔrt	訴諸, 憑藉
☐☐	**search**	sɝtʃ	尋找, 搜尋
☐☐	**bleed**	blid	流血
☐☐	**decline**	dɪˋklaɪn	下跌, 衰退

participate in the discussion	參與討論
qualify for a better job	有資格得到更好的工作
He alternated between English and Chinese.	他中英文交替
communicate well with each other	彼此溝通良好
compete with my friends	和我朋友競爭
proceed with your investigation	繼續進行你的調查
he then proceeded to play the piano	他接著彈起了鋼琴
proceed to gate 18 for boarding	前往18號登機門登機
remain single	仍是單身
Some money remains in the account.	戶頭裡剩下一些錢
The professor lectured all afternoon.	教授整個下午都在授課
resort to violence	訴諸暴力
searched for her in the audience	在觀眾群中找尋她
arm bled after falling	跌倒後手臂流血了
The president declined in popularity.	總統聲望下跌

☐☐	**tend**	tɛnd	傾向，易於
☐☐	**respond**	rɪ`spɑnd	回答，回應
☐☐	**shift**	ʃɪft	轉變，變換
☐☐	**split**	splɪt	分手，斷絕關係
☐☐	**split**	splɪt	被劈開，裂開
☐☐	**toss**	tɔs	擲錢幣決定
☐☐	**cling**	klɪŋ	堅持
☐☐	**cling**	klɪŋ	依靠，黏著
☐☐	**pray**	pre	祈禱，祈求
☐☐	**stall**	stɔl	拖延，暫緩，擱置
☐☐	**stall**	stɔl	拋錨
☐☐	**stare**	stɛr	凝視，注視
☐☐	**escape**	ə`skep	逃脫
☐☐	**sink**	sɪŋk	降低，減弱
☐☐	**boast**	bost	自誇，吹噓

He tends to shirk the responsibility.	他有推卸責任的傾向
She responded to my request.	她回應了我的要求
weather shifted last week	上星期天氣轉變
split up with his girlfriend	和他女友分手
The log split in two.	原木被劈成兩半
They tossed to decide who went first.	他們擲幣來決定誰先去
cling to beliefs	堅持信仰
Children cling to their mothers.	小孩黏著母親不放
pray before bedtime	睡前禱告
She tried to stall unsuccessfully.	她試著拖延但沒成功
car stalled on the highway	車子在公路上拋錨了
He stared blankly.	他茫然凝視著
escaped from the captor	從俘虜者手中脫逃
The stock is sinking quickly.	股票正迅速下跌
He boasts about himself.	他自吹自擂

	relate	rɪˋlet	有關，涉及
	yield	jild	屈服，服從
	crack	kræk	裂開，破裂
	quarrel	ˋkwɔrəl	爭吵
	hesitate	ˋhɛzəˌtet	猶豫
	hint	hɪnt	暗示，示意
	rub	rʌb	摩擦
	rub	rʌb	被擦掉
	yell	jɛl	大叫，叫喊
	behave	bɪˋhev	表現，舉止
	curve	kɝv	彎曲
	disappear	ˌdɪsəˋpɪr	消失，不見
	flock	flɑk	聚集，成群
	glance	glæns	看一眼，一瞥
	mount	maʊnt	增長，增加

relate to the freedom of speech	有關言論自由
yield to the pressure	屈服於壓力
The glass cracked from the cold.	玻璃因為嚴冷而裂開
kids quarrel with each other	小孩互相爭吵
hesitated about her choice	對她的決定猶豫
hint at the reason	暗示著原因
The cat rubbed against my leg.	貓摩擦我的腿
ink rubs off easily	墨水容易被擦掉
He yelled at her.	他對她大吼
children behaved well at home	小孩在家表現良好
The road curves to the left.	道路向左彎
disappear from view	從視線中消失
people flocked to the stage	人們成群往舞台移動
She glanced back at him.	她回看他一眼
love is mounting	愛情在增長

□□	**cheat**	tʃit	作弊, 行騙
□□	**cheat**	tʃit	(男女)不忠實
□□	**coincide**	ˌkoɪn`saɪd	同時發生, 巧合
□□	**conclude**	kən`klud	結束, 終了
□□	**nod**	nɑd	點頭(表示)
□□	**nod**	nɑd	打瞌睡
□□	**sigh**	saɪ	嘆息
□□	**whistle**	`hwɪsl̩	吹口哨
□□	**protest**	prə`tɛst	反對, 抗議
□□	**crawl**	krɔl	爬行
□□	**faint**	fent	昏倒
□□	**mature**	mə`tjʊr	成熟
□□	**smash**	smæʃ	猛衝
□□	**triumph**	`traɪəmf	勝利
□□	**cruise**	kruz	漫遊

The student cheated on the test.	學生考試作弊
The man cheated on his wife.	男人對老婆不忠
Her birthday coincides with mine.	她生日和我恰巧一樣
The TV series concluded already.	這部電視連續劇已結束
He nodded in agreement.	他點頭同意
She nodded off during the movie.	她在看電影時打盹
He sighed loudly.	他大聲嘆息
whistle to her	對她吹口哨
protest against racism	抗議種族歧視
crawl on the floor	在地上爬行
faint at the sight of blood	看到血就昏倒
He has matured over the years.	這些年來他變成熟了
smashed into the door	撞到門
triumphed over the other team	大獲全勝
cruise through the city	在都市漫遊

cruise	kruz	航行
focus	`fokəs	集中
apologize	ə`palə͵dʒaɪz	道歉
consist	kən`sɪst	構成
investigate	ɪn`vɛstə͵get	調查
inquire	ɪn`kwaɪr	詢問
compromise	`kamprə͵maɪz	妥協,讓步
demonstrate	`dɛmən͵stret	示威
jog	dʒag	慢跑
adapt	ə`dæpt	適應
bloom	blum	開花
bother	`baðɚ	麻煩,費心
campaign	kæm`pen	參加運動
concentrate	`kansn͵tret	專心
depart	dɪ`part	離開

cruising at an altitude of 35,000 feet	在海拔35,000呎航行
focus on the board	焦點集中在委員會
apologize for my behavior	為我的行為道歉
consist of many different parts	由很多不同部分構成
Let's investigate further.	讓我們更深入調查
inquire about her whereabouts	詢問她的行蹤
They don't like to compromise.	他們不想妥協
Protesters demonstrated outside.	抗議者在外面示威
He's jogging in the woods.	他在樹林中慢跑
adapt to change	適應改變
flowers bloom in the spring	春天百花盛開
Don't bother.	不要麻煩了
campaigned for the presidential candidate	參加總統競選
concentrate on what he is saying	專心於他說的話
depart on a morning flight	搭早班飛機離開

multiply	`ˋmʌltəˌplaɪ`	增加，增殖
dispose	`dɪˋspoz`	處理，解決
dissolve	`dɪˋzɑlv`	溶解
associate	`əˋsoʃɪˌet`	結交
specialize	`ˋspɛʃəlˌaɪz`	專攻
emerge	`ɪˋmɝdʒ`	出現，嶄露
emerge	`ɪˋmɝdʒ`	擺脫，走出（困境）
heal	`hil`	癒合，康復
starve	`stɑrv`	挨餓，餓死
resign	`rɪˋzaɪn`	辭去
shrink	`ʃrɪŋk`	縮水，縮小
blend	`blɛnd`	相稱，協調
clap	`klæp`	拍手，鼓掌
conflict	`kənˋflɪkt`	衝突，抵觸
contrast	`kənˋtræst`	對比，對照

the risk multiplied	風險增加
dispose of the trash	處理垃圾
The tablet dissolved in the water.	藥片在水裡溶解
You shouldn't associate with him.	你不該與他為伍
specialize in pediatric medicine	專攻小兒科
emerge from behind the curtain	從布幕後出現
emerge from the tragedy	走出悲劇陰霾
wound healed overnight	傷口過一夜就癒合
starve to death	餓死
resign from the position	辭去職務
My shirt shrank in the wash.	我的襯衫洗到縮水
the skirt blends with the shirt	裙子和襯衫很相配
audience clapped for a long time	觀眾鼓掌很久
The meeting conflicts with my schedule.	會議跟我的行程衝到
Her preference contrasted with his.	她的偏好和他的形成對比

	debate	dɪˋbet	辯論
	descend	dɪˋsɛnd	下來 , 下降
	dive	daɪv	潛水 , 跳水
	glow	glo	發光
	glow	glo	容光煥發 , 洋溢
	interfere	͵ɪntɚˋfɪr	妨礙 , 干涉
	snap	snæp	啪地關上 , 打開
	snap	snæp	(突然) 崩潰
	trace	tres	追溯
	snatch	snætʃ	抓住 (機會)
	collapse	kəˋlæps	倒塌 , 崩壞
	collapse	kəˋlæps	(健康) 垮掉 , 衰退
	fade	fed	枯萎 , 凋謝
	fade	fed	消失 , 衰微 , 褪去
	leap	lip	跳躍

debate with the boss	和老闆辯論
descend from the sky	從天而降
dive into the pool	潛入水池
glow in the dark	在黑暗中發光
Her face is glowing with happiness.	她臉上幸福洋溢
interfere with your plans	妨礙你的計畫
It snaps closed.	啪地一聲關上
She snapped when she heard.	聽完她突然崩潰
trace back to the root	追本溯源
snatched at the chance to talk to him	抓住跟他說話的機會
The house collapsed in the earthquake.	房屋在地震中倒塌
collapsed from fatigue	累倒
before the flowers fade	在花朵枯萎之前
as memories fade	當回憶消逝時
leap forward	往前跳

panic	`pænɪk	驚慌
rage	redʒ	激烈, 狂暴
remark	rɪ`mɑrk	評論
vanish	`vænɪʃ	絕跡, 消失
blossom	`blɑsəm	興盛, 發展順遂
differ	`dɪfə	不同, 相異
differ	`dɪfə	意見分歧, 不同意
cope	kop	應付, 處理
strive	straɪv	努力, 奮鬥
ache	ek	疼痛
explode	ɪk`splod	爆炸
refrain	rɪ`fren	忍住, 抑制

Please don't panic.	請不要驚慌
feelings raged inside him	他內心情緒激烈
remark on his performance	對他的表演發表評論
vanish from the earth	從地球上絕跡
Her business blossomed.	她生意興盛
differ from day to day	天天都不同
differ with you	和你意見分歧
cope with the crisis	危機處理
strive to make a difference	努力有所作為
My stomach aches.	我胃痛
car exploded on the highway	車子在公路上爆炸
refrain from smoking inside	忍住不在裡頭抽菸

defeat	dɪˋfit	失敗，戰敗	
glue	glu	膠水，黏著劑	
gossip	ˋgɑsəp	閒話，八卦	
jail	dʒel	監獄，監禁	
memory	ˋmɛmərɪ	記性，記憶，回憶	
merit	ˋmɛrɪt	優點	
profession	prəˋfɛʃən	職業	
burst	bɝst	爆發，突發	
revolution	ˏrɛvəˋluʃən	革命，變革	
explanation	ˏɛkspləˋneʃən	解釋	
spin	spɪn	兜風	
spin	spɪn	旋轉，轉動	
stranger	ˋstrendʒɚ	陌生人	
divide	dəˋvaɪd	分歧	
platform	ˋplætˏfɔrm	講台，月台	

admit defeat	承認失敗
It's the glue between us.	它是我們之間的黏著劑
heard gossip about the neighbor	聽到關於鄰居的閒話
get put into jail	被關進監獄
have a good memory	記性很好
many merits of the proposal	這個提案優點很多
a well paying profession	薪資高的職業
a burst of energy	衝勁爆發
a revolution of the people	人民革命
No explanation needed.	無須解釋
go for a spin in the car	開車兜一圈
the spin of the wheel	車輪轉動
Don't talk to strangers.	別跟陌生人講話
the divide in the voters	投票者意見分歧
stand on the platform	站在講台上

☐☐	**literature**	`lɪtərətʃɚ	文學, 文獻
☐☐	**will**	wɪl	遺囑
☐☐	**conference**	`kɑnfərəns	(正式) 會議
☐☐	**construction**	kən`strʌkʃən	建造, 結構
☐☐	**purchase**	`pɜtʃəs	購買, 所買之物
☐☐	**choice**	tʃɔɪs	選擇
☐☐	**counter**	`kaʊntɚ	櫃台
☐☐	**owner**	`onɚ	物主, 所有人
☐☐	**estate**	ə`stet	地產
☐☐	**reservation**	ˌrɛzɚ`veʃən	預約, 保留
☐☐	**track**	træk	跑道
☐☐	**track**	træk	路線, 路徑
☐☐	**track**	træk	足跡, 行蹤
☐☐	**bonus**	`bonəs	獎金, 紅利
☐☐	**advertisement**	ˌædvɚ`taɪzmənt	廣告, 宣傳

English literature	英國文學
My parents wrote a will.	我父母寫了遺囑
attend a conference	參加會議
construction on the house	房屋的建造
negotiate the purchase of a house	洽談買屋
make the right choice	作出正確選擇
cookies on the counter	櫃台上的餅乾
owner of the house	屋主
sell real estate	房地產銷售
make a reservation for dinner	預約晚餐
run on the school track	在學校跑道上跑步
typhoon track	颱風路徑
the bear's tracks	熊的足跡
receive a Christmas bonus from work	收到工作的聖誕獎金
read an auto advertisement	看汽車廣告

	advertising	`ædvə͵taɪzɪŋ	廣告業, 廣告
	emergency	ɪˋmɝdʒənsɪ	緊急情況, 突發狀況
	award	əˋwɔrd	獎, 獎品
	guarantee	͵gærənˋti	保證, 擔保
	guarantee	͵gærənˋti	保證書
	measurement	ˋmɛʒəmənt	測量, 尺寸, 三圍
	selection	səˋlɛkʃən	選擇, 挑選
	selection	səˋlɛkʃən	供選擇的事物
	dealer	ˋdilə	交易商, 貿易商
	investment	ɪnˋvɛstmənt	投資
	representative	͵rɛprɪˋzɛntətɪv	代表
	minimum	ˋmɪnəməm	最小量
	prediction	ˋprɪdɪkʃən	預測
	rental	ˋrɛntl̩	出租, 租金
	style	staɪl	風格, 作風, 方式

I work in advertising. 我從事廣告業

I had an emergency at work. 我工作有突發狀況

win an award 得獎

make a guarantee 保證

The product comes with a guarantee. 產品附有保證書

the measurements of the bed 床的尺寸

Have you made your selection yet? 你選好了嗎？

have a good selection of produce 有優良產品供選擇

used car dealer 中古車商

make an investment in stocks 投資股票

meet with a bank representative 和銀行代表碰面

minimum of 4 years' experience needed 最少需要4年工作經驗

weather prediction for tomorrow 明日天氣預測

bike rental 腳踏車出租

style of living 生活風格

style	staɪl	型, 樣式, 款式
software	`sɔft͵wɛr	軟體
county	`kaʊntɪ	郡, 縣
current	`kɜənt	水流, 潮流
current	`kɜənt	電流
procedure	prə`sidʒə	程序, 手續
sidewalk	`saɪd͵wɔk	人行道
facility	fə`sɪlətɪ	設施, 設備
source	sɔrs	來源
source	sɔrs	原始資料, 出處
luxury	`lʌkʃərɪ	奢侈, 奢侈品
deadline	`dɛd͵laɪn	截止期限
solution	sə`luʃən	解答, 解決辦法
register	`rɛdʒɪstə	收銀機
register	`rɛdʒɪstə	註冊

a new hair style	新髮型
download new software	下載新軟體
There are 62 counties in New York.	紐約有62個郡
strong current in the ocean	海上洋流洶湧
electrical current	電流
follow the procedure	遵循程序
walk on the sidewalk	走在人行道上
banking facilities	銀行設施
a good source of protein	很好的蛋白質來源
a quote from the source	引述出處資料
a life of luxury	奢侈的生活
meet a deadline	在截止日前完成
find a solution	找出解決辦法
cash register	現金收銀機
look at the register of names	看註冊名單

maximum	`mæksəməm	最大量,最大限度
maximum	`mæksəməm	(行車的)最高速
resident	`rɛzədənt	居民
residence	`rɛzədəns	住所,居住
destination	ˌdɛstə`neʃən	目的地
jewelry	`dʒuəlrɪ	珠寶,首飾
region	`ridʒən	地區,地帶
presentation	ˌprizɛn`teʃən	發表,報告,展示
cancer	`kænsɚ	癌症
negotiation	nɪˌgoʃɪ`eʃən	協商,談判
candidate	`kændədet	應徵者
candidate	`kændədet	候選人
consumer	kən`sjumɚ	消費者
divorce	də`vors	離婚
dessert	dɪ`zɝt	甜點

reach my maximum	達到我的極限
a maximum of 60 miles an hour	最高時速60哩
a resident of New York	紐約居民
list your primary residence	列出你主要的住所
reach my travel destination	抵達我的旅行目的地
wear a lot of jewelry	佩戴很多珠寶
vegetables from this region	來自這區的蔬菜
make a presentation at the meeting	開會時報告
She has breast cancer.	她患有乳癌
make a negotiation	協商
many job candidates	很多工作應徵者
candidates for president	總統候選人
protection for consumers	保護消費者
get a divorce from her	和她離婚
order dessert after dinner	晚餐後點甜點

☐☐	**division**	də`vɪʒən	分裂 , 意見不合
☐☐	**division**	də`vɪʒən	部門
☐☐	**division**	də`vɪʒən	分配
☐☐	**flavor**	`flevə	香料 , 調味料
☐☐	**flavor**	`flevə	口味 , 味道
☐☐	**chef**	ʃɛf	主廚
☐☐	**corporation**	ˌkɔrpə`reʃən	法人 , 公司
☐☐	**extension**	ɪk`stɛnʃən	延長 , 延期
☐☐	**extension**	ɪk`stɛnʃən	擴大 , 延伸
☐☐	**admission**	əd`mɪʃən	入學許可 , 進入許可
☐☐	**admission**	əd`mɪʃən	入場費 , 門票
☐☐	**administration**	əd`mɪnə`streʃən	行政 (機構), 管理 (部門)
☐☐	**pollution**	pə`luʃən	污染
☐☐	**resource**	rɪ`sors	資源 , 財力 , 物力
☐☐	**container**	kən`tenə	容器

caused a division between them	造成他們之間的分裂
a division of the company	公司部門
mark the division in the properties	財產分配
add some flavor to the food	食物添加調味料
I'll have cherry flavor.	我要櫻桃口味
a chef for the restaurant	餐廳主廚
run a large corporation	經營大公司
get an extension for the deadline	延長截止期限
gradual extension	逐漸擴大
admission to a good college	進入優秀大學
admission is free	免費入場
the school administration	學校行政
bad air pollution in the city	這城市空氣污染嚴重
exploit my resources	利用我的資源
a container for the leftover food	裝殘羹的容器

☐☐	**executive**	ɪgˋzɛkjʊtɪv	主管,經理
☐☐	**installation**	͵ɪnstəˋleʃən	安裝
☐☐	**installation**	͵ɪnstəˋleʃən	裝置,設備
☐☐	**complaint**	kəmˋplent	抱怨
☐☐	**estimate**	ˋɛstə͵met	估計,估價
☐☐	**marriage**	ˋmærɪdʒ	婚姻,結婚
☐☐	**association**	ə͵sosɪˋeʃən	協會
☐☐	**association**	ə͵sosɪˋeʃən	聯想
☐☐	**inn**	ɪn	小旅館
☐☐	**promotion**	prəˋmoʃən	升遷
☐☐	**promotion**	prəˋmoʃən	促銷
☐☐	**reception**	rɪˋsɛpʃən	接待,歡迎
☐☐	**reception**	rɪˋsɛpʃən	接待處
☐☐	**reception**	rɪˋsɛpʃən	歡迎會,招待會,宴會
☐☐	**version**	ˋvɝʒən	版本

speak to company executives	和公司主管談話
a quick software installation	快速軟體安裝
an art installation in the park	公園裡的藝術裝置
have a complaint about the meal	抱怨餐點
make an estimate about the costs	提出估價
have a good marriage	婚姻幸福美滿
be in a professional association	參加職業協會
What's your association with him?	你對他會產生什麼聯想？
stay at an inn	住在小旅館裡
get a promotion at work	工作上獲得升遷
a special promotion	特別促銷
receive a good reception from the crowd	受到群眾歡迎
call reception at the hospital	打到醫院的接待處
wedding reception	婚宴
the latest software version	最新的軟體版本

assignment	əˋsaɪnmənt	作業, 功課
assignment	əˋsaɪnmənt	(指派的)任務
graph	græf	圖表, 曲線圖
graphics	ˋgræfɪks	繪圖, 製圖
anniversary	͵ænəˋvɝsərɪ	週年紀念
treatment	ˋtritmənt	對待, 待遇
treatment	ˋtritmənt	治療(法)
contribution	͵kɑntrəˋbjuʃən	貢獻
contribution	͵kɑntrəˋbjuʃən	捐獻, 捐助
garbage	ˋgɑrbɪdʒ	垃圾
garbage	ˋgɑrbɪdʒ	廢話, 無聊作品
grocery	ˋgrosərɪ	食品雜貨(店)
participation	pɑ͵tɪsəˋpeʃən	參加, 參與
poll	pol	投票, 民意調查
unemployment	͵ʌnɪmˋplɔɪmənt	失業

do the math assignment	做數學作業
assignment of tasks to employees	給員工的工作任務
graph of the results	結果的圖表
graphics on the book cover	書本封面繪圖
celebrate our anniversary	慶祝我們的週年紀念
special treatment	特別待遇
receive treatment for cancer	接受癌症治療
make a contribution to the conversation	對談話有貢獻
financial contribution	捐款
throw out the garbage	丟垃圾
This writing is total garbage.	這篇文章毫無可取之處
go buy groceries	去買食品雜貨
group participation	群體參加
declare the poll	宣布投票結果
receive unemployment for 6 months	6個月

☐☐	**alternative**	ɔl`tɜnətɪv	選擇，供選擇之物
☐☐	**commission**	kə`mɪʃən	佣金，手續費
☐☐	**commission**	kə`mɪʃən	委任，委託
☐☐	**debt**	dɛt	債務，負債
☐☐	**laundry**	`lɔndrɪ	要洗的衣物
☐☐	**retirement**	rɪ`taɪrmənt	退休
☐☐	**engineering**	ˌɛndʒə`nɪrɪŋ	工程（學）
☐☐	**engineer**	ˌɛndʒə`nɪr	工程師，技師
☐☐	**failure**	`feljə	失敗
☐☐	**improvement**	ɪm`pruvmənt	進步，改善
☐☐	**depression**	dɪ`prɛʃən	沮喪，抑鬱
☐☐	**depression**	dɪ`prɛʃən	不景氣，蕭條
☐☐	**embassy**	`ɛmbəsɪ	大使館
☐☐	**headquarters**	`hɛd`kwɔrtəz	總部，總公司
☐☐	**theme**	θim	主題，題目

find no alternatives	發現別無選擇
get a 5% commission	得到5%的佣金
got a commission to design the stadium	受委託設計體育場
pay off your debt	清償債務
do the laundry	洗衣服
take an early retirement	提早退休
chemical engineering	化學工程
a civil engineer	土木工程師
a complete failure	徹底的失敗
show improvement	顯示有所改善
fall into a depression	變得沮喪
an economic depression	經濟不景氣
visit the Chinese Embassy	參觀中國大使館
headquarters for the corporation	總公司
the theme for the party	派對主題

☐☐	**truth**	truθ	真相, 事實
☐☐	**automation**	ˌɔtəˋmeʃən	自動化
☐☐	**banker**	ˋbæŋkɚ	銀行家, 銀行業者
☐☐	**scale**	skel	規模, 範圍
☐☐	**scale**	skel	天平, 秤
☐☐	**scale**	skel	等級
☐☐	**culture**	ˋkʌltʃɚ	文化, 修養
☐☐	**investigation**	ɪnˌvɛstəˋgeʃən	調查, 偵查
☐☐	**proceedings**	prəˋsidɪŋz	訴訟 (程序)
☐☐	**rear**	rɪr	後面, 背後
☐☐	**reduction**	rɪˋdʌkʃən	減少, 降低
☐☐	**accommodation**	əˌkɑməˋdeʃən	住宿
☐☐	**conservation**	ˌkɑnsɚˋveʃən	保護, 保持
☐☐	**exhaust**	ɪgˋzɔst	(車輛) 廢氣
☐☐	**flu**	flu	流行性感冒

know the truth	知道事實真相
automation of car manufacturing	汽車自動化製造
a successful banker	成功的銀行家
think on a large scale	大範圍地思考
weigh it on a scale	在天平上秤重
be low on the social scale	社會階級低
indigenous cultures	本土文化
lead an investigation	帶領調查
took legal proceedings	採取法律訴訟
move to the rear of the room	移動到房間後面
reduction in prices	價格降低
find accommodations at a hotel	找到住宿的旅館
land conservation	土地保護
exhaust from the car	汽車廢氣
She has the flu.	她得了流行性感冒

☐☐	**portable**	`pɔrtəbḷ	手提式產品
☐☐	**recession**	rɪ`sɛʃən	經濟衰退
☐☐	**spirit**	`spɪrɪt	情緒，心境
☐☐	**spirit**	`spɪrɪt	精神
☐☐	**alarm**	ə`lɑrm	警鈴，警報
☐☐	**alarm**	ə`lɑrm	鬧鐘
☐☐	**lecture**	`lɛktʃɚ	講課，授課
☐☐	**observation**	ˌɑbzɚ`veʃən	觀察
☐☐	**atmosphere**	`ætməˌsfɪr	大氣
☐☐	**atmosphere**	`ætməˌsfɪr	空氣
☐☐	**atmosphere**	`ætməˌsfɪr	氣氛
☐☐	**cabinet**	`kæbənət	儲藏櫃，陳列櫃
☐☐	**cabinet**	`kæbənət	政府內閣
☐☐	**launch**	lɔntʃ	發射
☐☐	**launch**	lɔntʃ	發行，上市

Portables are better than regular radios.	手提收音機比一般型好
The U.S. is in a recession.	美國正值經濟衰退
raise his spirits	提振他的情緒
human spirit	人類精神
hear the alarm	聽到警鈴
sound the alarm	鬧鐘響起
listen to a lecture	聽課
made an observation	觀察
the earth's atmosphere	地球大氣
the stuffy atmosphere at the restaurant	這間餐廳空氣很悶
create a fun atmosphere	營造有趣的氣氛
in a dry cabinet	在乾燥櫃內
the President's Cabinet	總統的內閣
watch a rocket launch	觀看火箭發射
book launch	書籍發行

☐☐	**penalty**	`pɛnḷtɪ	處罰, 刑罰
☐☐	**penalty**	`pɛnḷtɪ	罰款
☐☐	**potential**	pə`tɛnʃəl	潛力, 潛能
☐☐	**preparation**	ˌprɛpə`reʃən	準備
☐☐	**reference**	`rɛfərəns	參考文獻, 出處
☐☐	**reference**	`rɛfərəns	推薦函, 推薦人
☐☐	**resort**	rɪ`zɔrt	憑藉, 採取的手段
☐☐	**resort**	rɪ`zɔrt	度假勝地
☐☐	**score**	skor	分數, 得分
☐☐	**background**	`bækˌgraund	出身背景, 學經歷
☐☐	**background**	`bækˌgraund	背景
☐☐	**crop**	krɑp	作物, 收成
☐☐	**fever**	`fivɚ	發燒, 熱度
☐☐	**military**	`mɪləˌtɛrɪ	軍隊, 軍方
☐☐	**opposition**	ˌɑpə`zɪʃən	反對, 對立

incur a penalty	招致處罰
pay a penalty	付罰款
realize his potential as a doctor	發覺他當醫生的潛能
make preparations for the meeting	為會議作準備
use references in your paper	論文要附上參考文獻
give her a reference	為她寫推薦函
a last resort	最後的手段
go to a beach resort	去海灘勝地
What's the score in the game?	比賽得分多少？
educational background	教育背景
the background in the photo	照片的背景
grow a crop of corn	種植玉米作物
She has a fever.	她發燒
serve in the military	服兵役
show opposition to the idea	表示反對意見

	opposition	ˌɑpə`zɪʃən	對手，競爭者
	search	sɝtʃ	搜尋
	stress	strɛs	壓力，緊張
	stress	strɛs	強調，著重
	minor	`maɪnə	未成年人
	acid	`æsɪd	酸，有酸味之物
	decline	dɪ`klaɪn	減少，衰退
	exhibit	ɪg`zɪbɪt	展示品，展覽
	machinery	mə`ʃinərɪ	機器，機械
	seal	sil	印章，封印
	discussion	dɪ`skʌʃən	討論
	clinic	`klɪnɪk	診所，門診所
	environment	ɪn`vaɪrənmənt	環境
	frame	frem	架構，框架
	honor	`ɑnə	光榮的事，榮譽

tough opposition in the election	選舉中難纏的競爭對手
perform a search on the internet	在網路上進行搜尋
show signs of stress	露出緊張跡象
lay great stress on education	很著重教育
At 16, he's still a minor.	16歲時他還未成年
the acid in lemons	檸檬酸
decline of civilizations	文明衰退
see a museum exhibit	看博物館展覽
design specialized machinery	設計專業化機械
affix my seal	蓋上我的章
have a brief discussion with him	和他簡短討論
dental clinic	牙科診所
good for the environment	對環境很好
picture frame	相框
It's a big honor to be here.	能在這裡是我的榮幸

hook	hʊk	掛鉤,魚鉤	
ideal	aɪˋdɪəl	理想	
joint	dʒɔɪnt	關節,接合處	
partner	ˋpɑrtnə	夥伴,拍檔,合夥人	
ray	re	光線,射線	
twist	twɪst	曲折,轉折,扭轉	
abuse	əˋbjus	濫用	
abuse	əˋbjus	虐待,傷害	
charity	ˋtʃærətɪ	仁慈,慈善團體	
confidence	ˋkɑnfədəns	信心,把握	
filter	ˋfɪltə	過濾器	
grain	gren	顆粒,細粒	
grain	gren	穀物,穀粒	
maintenance	ˋmentənəns	維護,保養	
pioneer	ˏpaɪəˋnɪr	先鋒,先驅	

a clothes hook	掛衣鉤
achieve the ideal	完成理想
My joints hurt when it rains.	下雨時我關節會痛
joint partners in the project	企劃的共同夥伴
ray of light	光線
a twist of fate	命運曲折
an abuse of power	濫用權力
child abuse	虐待兒童
donate money to charity	捐款給慈善團體
instill confidence in him	向他灌輸信心
spam filter	垃圾郵件過濾器
a grain of sand	一粒沙子
multi-grain bread	五穀雜糧麵包
perform maintenance on the car	汽車維修
pioneer in the field of bioscience	生物科學界的先驅

☐☐	**strain**	stren	緊張狀態 , 壓力
☐☐	**strain**	stren	種 , 類
☐☐	**crew**	kru	全體工作人員
☐☐	**fuel**	`fjuəl	燃料
☐☐	**habit**	`hæbɪt	習慣
☐☐	**baggage**	`bægɪdʒ	行李
☐☐	**journal**	`dʒɜnl̩	日誌 , 日記
☐☐	**journal**	`dʒɜnl̩	報紙 , 刊物
☐☐	**label**	`lebl̩	標籤 , 標記
☐☐	**patience**	`peʃəns	耐心 , 毅力
☐☐	**relief**	rɪ`lif	寬慰 , 輕鬆
☐☐	**relief**	rɪ`lif	減輕 , 消除
☐☐	**theory**	`θiərɪ	理論 , 學説
☐☐	**attraction**	ə`trækʃən	嚮往的地方
☐☐	**attraction**	ə`trækʃən	吸引 (力), 具吸引力之物

a strain on our relationship	我們關係緊張
new strain of flu	新型流感
crew on the plane	飛機上全體機組員
plane fuel	飛機燃料
have many bad habits	有很多壞習慣
stow your baggage	把你的行李放好
keep a journal	寫日記
read the Wall Street Journal	讀華爾街日報
price labels	價格標籤
show some patience	表現出耐心
breathe a sigh of relief	鬆了一口氣
the relief of stress	減輕壓力
theory of relativity	相對論
tourist attractions	旅遊景點
a special attraction for her	對她有特殊吸引力

☐☐	**bond**	bɑnd	聯繫, 關係
☐☐	**bond**	bɑnd	債券
☐☐	**compound**	`kɑmpaʊnd	混合物, 化合物
☐☐	**detective**	dɪ`tɛktɪv	偵探, 警探
☐☐	**proportion**	prə`pɔrʃən	部分
☐☐	**proportion**	prə`pɔrʃən	比例, 均衡
☐☐	**shift**	ʃɪft	改變, 轉移
☐☐	**shift**	ʃɪft	輪班
☐☐	**tide**	taɪd	潮流, 趨勢
☐☐	**tide**	taɪd	潮水
☐☐	**casualty**	`kæʒʊəltɪ	傷亡人員
☐☐	**crush**	krʌʃ	迷戀
☐☐	**instrument**	`ɪnstrəmənt	器具, 儀器, 樂器
☐☐	**motion**	`moʃən	動作
☐☐	**motion**	`moʃən	移動

bond of friendship	友情的聯繫
stocks and bonds	股票債券
a rare chemical compound	罕見的化合物
police detective	警探
a large proportion	大部分
be out of proportion	不成比例
a shift in public opinion	大眾輿論的改變
work the night shift	值晚班
tide of change	改變的趨勢
high tide	漲潮
casualties of war	戰爭傷亡人員
have a crush on him	對他產生迷戀
surgical instruments	手術器具
make a hand motion	做手勢
when the car was in motion	當車子開動

☐☐	**organ**	`ɔrgən	器官
☐☐	**pose**	poz	姿勢
☐☐	**split**	splɪt	分歧，分裂
☐☐	**split**	splɪt	裂縫
☐☐	**toss**	tɔs	向上甩頭
☐☐	**toss**	tɔs	投擲（硬幣）
☐☐	**accused**	ə`kjuzd	被告
☐☐	**behavior**	bɪ`hevjə	行為，舉止
☐☐	**burden**	`bɝdn̩	重擔，負擔
☐☐	**cabin**	`kæbɪn	小屋
☐☐	**cabin**	`kæbɪn	座艙
☐☐	**criticism**	`krɪtəˏsɪzəm	批評，評論
☐☐	**critic**	`krɪtɪk	批評家，評論家
☐☐	**emphasis**	`ɛmfəsɪs	強調，重視
☐☐	**miracle**	`mɪrəkl̩	奇蹟

bodily organs	身體器官
strike a pose	擺姿態
his split with his political party	他和其政黨的分裂
a split in the wood	木頭的裂縫
a toss of his head	他甩甩頭
the toss of a coin	投擲錢幣
The accused stood trial.	被告站著受審
the child's bad behavior	孩子的不良行為
carry a burden	身負重擔
cabin in the woods	樹林中的小屋
inside the plane cabin	飛機座艙裡
make constructive criticism	做出有建設性的批評
film critic	電影評論家
put emphasis on economic reform	強調經濟改革
miracle of god	神蹟

☐☐	**monitor**	`mɑnətə	顯示器,螢幕
☐☐	**monitor**	`mɑnətə	班長,班代表
☐☐	**oxygen**	`ɑksədʒən	氧氣
☐☐	**privacy**	`praɪvəsɪ	隱私
☐☐	**privilege**	`prɪvḷɪdʒ	特權
☐☐	**privilege**	`prɪvḷɪdʒ	殊榮,榮幸
☐☐	**reputation**	͵rɛpjə`teʃən	名譽,聲譽
☐☐	**shield**	ʃild	盾牌,保護物,防護罩
☐☐	**sightseeing**	`saɪt͵siɪŋ	觀光
☐☐	**stall**	stɔl	攤位
☐☐	**escape**	ə`skep	逃跑,逃脫
☐☐	**escape**	ə`skep	解悶,消遣
☐☐	**praise**	prez	稱讚,讚美
☐☐	**silence**	`saɪləns	寂靜,沉默
☐☐	**sink**	sɪŋk	水槽

turn on the computer monitor	打開電腦螢幕
class monitor	班長
get some oxygen	得到氧氣
protect his privacy	保護他的隱私
have special privileges	有特權
It would be my privilege.	那是我的殊榮
have a good reputation	聲譽極佳
a protective shield	保護罩
did some sightseeing	遊覽觀光
a market stall	市場攤位
make an escape	逃脫
Reading books was her escape.	她看書解悶
receive a lot of praise	得到很多讚美
sit in silence	沉默地坐著
wash your hands in the sink	在水槽洗手

☐☐	**symbol**	`sɪmbl̩	象徵
☐☐	**symbol**	`sɪmbl̩	符號,記號
☐☐	**boast**	bost	誇耀,誇口
☐☐	**bomb**	bɑm	徹底的失敗
☐☐	**bomb**	bɑm	炸彈
☐☐	**breed**	brid	品種,類型
☐☐	**celebration**	ˌsɛləˋbreʃən	慶祝,慶典
☐☐	**chase**	tʃes	追逐
☐☐	**continent**	`kɑntənənt	洲,大陸
☐☐	**creature**	`kritʃɚ	生物,動物
☐☐	**creature**	`kritʃɚ	人
☐☐	**delight**	dɪˋlaɪt	高興,愉快,樂事
☐☐	**election**	ɪˋlɛkʃən	選舉
☐☐	**employer**	ɪmˋplɔɪɚ	僱主,老闆
☐☐	**essay**	`ɛse	文章,隨筆

symbols of wealth	財富的象徵
mathematical symbols	數學符號
his boasts of wealth	誇耀他的財富
be a total bomb	完全失敗
atomic bomb	原子彈
breed of small dogs	小狗品種
birthday celebrations	生日慶祝
saw a car chase	看見飛車追逐
African continent	非洲大陸
creatures of the woods	森林中的動物
She's a lively creature.	她是個活潑的人
much to my delight	讓我十分愉快
vote in the election	選舉投票
talk with his employer	和他的僱主講話
write an essay for school	為學校寫文章

☐☐	**fortune**	ˋfɔrtʃən	財產,財富
☐☐	**fortune**	ˋfɔrtʃən	運氣,好運
☐☐	**gap**	gæp	缺口,間隙,間斷
☐☐	**gap**	gæp	隔閡,差距
☐☐	**instant**	ˋɪnstənt	瞬間,片刻
☐☐	**ladder**	ˋlædə	梯子
☐☐	**ladder**	ˋlædə	階層
☐☐	**leisure**	ˋliʒə	閒暇,空閒
☐☐	**occupation**	͵ɑkjəˋpeʃən	職業,工作
☐☐	**occupation**	͵ɑkjəˋpeʃən	消遣
☐☐	**presence**	ˋprɛzn̩s	出席,在場
☐☐	**reality**	rɪˋælətɪ	事實,真實
☐☐	**reality**	rɪˋælətɪ	現實
☐☐	**relation**	rɪˋleʃən	關係,關聯
☐☐	**relation**	rɪˋleʃən	親戚,親屬

lost his fortune gambling	賭輸他的財產
Fortune smiled on them.	他們的好運來了
mind the gap	留意間隙
leave a gap with friends	和朋友產生隔閡
for an instant	瞬間
climb the ladder	爬梯子
social ladder	社會階層
at your leisure	你閒暇之時
What's your occupation?	你的職業是什麼？
her favorite occupation	她喜愛的消遣
your presence is required	你必須出席
the reality of the situation	實際情形
get back to reality	回到現實
the relation between supply and demand	供需關係
near relations	近親

☐☐	**relative**	`rɛlətɪv	親戚
☐☐	**sympathy**	`sɪmpəθɪ	同情
☐☐	**treasure**	`trɛʒə	財寶,寶物
☐☐	**tune**	tjun	曲調,曲子
☐☐	**wound**	wund	傷口,創傷
☐☐	**forecast**	`fɔr,kæst	預報,預測
☐☐	**manufacture**	,mænjə`fæktʃə	製造,產品
☐☐	**manufacturer**	,mænjə`fæktʃərə	製造商
☐☐	**yield**	jild	產量,利潤
☐☐	**net**	nɛt	網子,球網
☐☐	**rumor**	`rumə	謠言,傳聞
☐☐	**murder**	`mɜdə	謀殺,兇殺
☐☐	**passage**	`pæsɪdʒ	章節,段落
☐☐	**passage**	`pæsɪdʒ	通道
☐☐	**absence**	`æbsns	缺席,不在場

visit my relatives	拜訪我的親戚
my deepest sympathies for your loss	對你的損失我深感同情
find a treasure	發現寶物
sing a tune	唱首曲子
rub salt in his wounds	在他的傷口抹鹽
weather forecast	天氣預報
manufacture of cars in the U.S.	美國汽車製造
many plastic manufacturers	許多塑膠製造商
That investment returned a high yield.	投資獲得高利潤
fishing net	漁網
heard rumors of layoffs	聽到裁員的傳聞
commit murder	犯謀殺罪
read a passage in a book	朗讀書中段落
an underground passage	地下通道
His absence was noticed.	他的缺席引起注意

☐☐	**basement**	`besmənt	地下室
☐☐	**blank**	blæŋk	空白, 空格
☐☐	**border**	`bɔrdɚ	國界, 邊界
☐☐	**carriage**	`kærɪdʒ	馬車, 客車廂
☐☐	**chairman**	`tʃɛrmən	主席, 董事長
☐☐	**crack**	kræk	裂縫
☐☐	**discovery**	dɪ`skʌvərɪ	發現
☐☐	**pill**	pɪl	藥丸, 藥品
☐☐	**possession**	pə`zɛʃən	擁有
☐☐	**possession**	pə`zɛʃən	私人物品
☐☐	**quarrel**	`kwɔrəl	爭吵
☐☐	**reward**	rɪ`wɔrd	獎勵, 報酬
☐☐	**ride**	raɪd	乘坐, 搭乘
☐☐	**ride**	raɪd	兜風
☐☐	**threat**	θrɛt	威脅, 恐嚇

store furniture in the basement	傢俱儲藏在地下室
fill in the blank	填空
cross the border	越過邊界
pumpkin carriage	南瓜馬車
chairman of the company	公司董事長
crack in the sidewalk	人行道上有裂縫
discovery of something	發現某事
bitter pill to swallow	吞下苦藥
take possession of the house	擁有這棟房子
leave your possessions behind	把你的物品留下
had a quarrel with her friend	和她朋友爭吵
offer a reward	提供獎賞
give me a ride to the station	載我到車站
go for a ride	開車兜風
make empty threats	唬人的恐嚇

tradition	trə`dɪʃən	傳統
weapon	`wɛpən	武器 , 兵器
belief	bɪ`lif	相信 , 信念 , 信仰
connection	kə`nɛkʃən	關聯 , 聯繫
connection	kə`nɛkʃən	轉車 , 轉機
connection	kə`nɛkʃən	連接 , 接通
gross	gros	總額 , 總值
recall	rɪ`kɔl	回想 , 回憶
recall	rɪ`kɔl	回收 , 撤回
width	wɪdθ	寬度
cast	kæst	演員卡司
airmail	`ɛr͵mel	航空郵件
balcony	`bælkənɪ	陽台
caution	`kɔʃən	謹慎 , 小心
consciousness	`kɑnʃəsnəs	知覺 , 意識

follow family tradition	遵循家庭傳統
carry illegal weapons	攜帶非法武器
Christian beliefs	基督教信仰
a strong connection	強烈的關聯
catch my connection at the airport	我在機場轉機
have a lousy phone connection	電話線路連接不良
report the gross of earnings	報告利潤總額
her recall about the events	她回想事件發生
company issued a product recall	公司宣佈產品回收
measure the width	測量寬度
the cast of TV show	電視節目的演員陣容
send it by airmail	用航空郵件寄出
sit in the balcony	坐在陽台
proceed with caution	小心進行
lose consciousness	失去知覺

☐☐	**emotion**	ɪˋmoʃən	情緒, 情感
☐☐	**funeral**	ˋfjunərəl	葬禮
☐☐	**hint**	hɪnt	暗示, 提示
☐☐	**intention**	ɪnˋtɛnʃən	意圖
☐☐	**liberty**	ˋlɪbətɪ	自由
☐☐	**principle**	ˋprɪnsəpl	原則
☐☐	**principle**	ˋprɪnsəpl	原理, 法則
☐☐	**probability**	ˏprɑbəˋbɪlətɪ	可能性
☐☐	**religion**	rɪˋlɪdʒən	宗教 (信仰)
☐☐	**soil**	sɔɪl	土壤
☐☐	**soil**	sɔɪl	國土, 領土
☐☐	**structure**	ˋstrʌktʃə	結構, 構造
☐☐	**tap**	tæp	輕拍, 輕敲
☐☐	**tap**	tæp	龍頭, 栓塞
☐☐	**translation**	trænsˋleʃən	翻譯, 譯本

show a lot of emotions	表現出很多情感
attend my aunt's funeral	參加我阿姨的葬禮
give a hint about the surprise	暗示有驚喜
make his intentions clear	清楚表現他的意圖
at liberty to leave	有離開的自由
a man of principles	有原則的人
find a unifying principle	找出一致的原理
The probability of success is good.	成功的可能性很高
freedom of religion	宗教信仰自由
acid soil	酸性土壤
happened on American soil	發生在美國領土
understand the political structure	了解政治結構
a tap on the door	輕敲大門
beer tap	啤酒頭
English translation of the book	這本書的英文譯本

☐☐	**transportation**	ˌtrænspɚˋteʃən	交通運輸
☐☐	**yell**	jɛl	吼叫, 叫喊
☐☐	**draft**	dræft	草圖, 草稿
☐☐	**draft**	dræft	徵兵, 選秀
☐☐	**draft**	dræft	匯票
☐☐	**inspiration**	ˌɪnspəˋreʃən	靈感
☐☐	**offense**	əˋfɛns	違法
☐☐	**offense**	əˋfɛns	觸怒, 冒犯
☐☐	**offense**	əˋfɛns	進攻
☐☐	**landscape**	ˋlændˌskep	風景
☐☐	**curve**	kɝv	曲線, 彎曲
☐☐	**drill**	drɪl	鑽子
☐☐	**drill**	drɪl	訓練, 練習
☐☐	**fellow**	ˋfɛlo	傢伙, 同事
☐☐	**root**	rut	根部

transportation in the city	城市交通運輸
We heard a yell.	我們聽到吼叫聲
a draft of the design	設計草圖
military draft	軍隊徵兵
cash a draft	兌現匯票
find inspiration in her story	在她故事中找到靈感
first traffic offense	第一次交通違規
take offense with what he says	被他說的話冒犯
plays offense for the team	此隊進攻
enjoy the landscape	欣賞風景
the curve in the road	道路彎曲
an electric drill	電鑽
do drills in language class	在語言課做訓練
met an interesting fellow	遇到有趣的傢伙
root of the tree	樹根

☐☐	**root**	rut	根源,根本
☐☐	**sentence**	`sɛntəns	句子
☐☐	**sentence**	`sɛntəns	判決,宣判
☐☐	**violence**	`vaɪələns	暴力,暴行
☐☐	**wing**	wɪŋ	翅膀
☐☐	**wing**	wɪŋ	(建築物)側翼
☐☐	**affair**	ə`fɛr	事務
☐☐	**affair**	ə`fɛr	事件,事情
☐☐	**affair**	ə`fɛr	風流韻事
☐☐	**analysis**	ə`næləsɪs	分析
☐☐	**element**	`ɛləmənt	元素
☐☐	**element**	`ɛləmənt	成分,要素
☐☐	**expression**	ɪk`sprɛʃən	表達,表示
☐☐	**expression**	ɪk`sprɛʃən	詞句,表達方式
☐☐	**expression**	ɪk`sprɛʃən	表情

get to the root of the problem	找到問題的根本
wrote a long sentence	寫了冗長的句子
received a prison sentence	被判處監禁
domestic violence	家庭暴力
the bird's wings	鳥翼
the north wing of the building	建築物北翼
domestic affairs	國內事務
get his affairs in order	依序處理他的事情
an extramarital affair	婚外情
careful analysis of the situation	仔細分析情況
periodic table of elements	元素週期表
need the right elements	需要正確的成分
an expression of thanks	表達謝意
learned a new English expression	學到新的英文詞句
funny expression on his face	他臉上滑稽的表情

☐☐	**faith**	feθ	信念, 信任, 信仰
☐☐	**flock**	flɑk	群, 人群
☐☐	**glance**	glæns	一眼, 一瞥
☐☐	**merchant**	`mɝtʃənt	商人, 零售商
☐☐	**necessity**	nə`sɛsətɪ	必需品
☐☐	**necessity**	nə`sɛsətɪ	需要, 必要性
☐☐	**neglect**	nɪg`lɛkt	忽略, 疏忽
☐☐	**passion**	`pæʃən	熱情, 激情
☐☐	**pity**	`pɪtɪ	同情, 憐憫
☐☐	**pity**	`pɪtɪ	可惜的事
☐☐	**rival**	`raɪvl̩	競爭對手, 敵手
☐☐	**string**	strɪŋ	細繩, 帶子
☐☐	**string**	strɪŋ	一連串, 一系列
☐☐	**string**	strɪŋ	弦
☐☐	**victory**	`vɪktərɪ	勝利, 戰勝

keep the faith	堅持信念
a flock of ducks	一群鴨子
at first glance	乍看之下
local store merchants	當地商家
the necessities of life	生活必需品
Necessity is the mother of invention.	需要為發明之母
neglect of duty	怠忽職守
have passion for what you do	對你所為要有熱忱
have pity on her	同情她
What a pity!	真可惜！
the biggest rival	最大的競爭對手
tie up with string	用繩子綁好
a string of questions	一連串的問題
strings on a violin	小提琴弦
victory against the Yankees	戰勝洋基隊

wealth	wɛlθ	財富 , 財產
personality	ˌpɝsṇˋælətɪ	個性 , 性格
sketch	skɛtʃ	素描 , 草圖
sketch	skɛtʃ	速寫 , 概述
abstract	ˋæbstrækt	摘要 , 梗概
coincidence	koˋɪnsɪdəns	巧合
fame	fem	名望 , 聲譽
globe	glob	地球 , 球狀物
insult	ˋɪnsʌlt	侮辱 , 羞辱
resolution	ˌrɛzəˋluʃən	決議 , 決定 , 決心
accent	ˋæksɛnt	口音
courage	ˋkɝɪdʒ	勇氣 , 膽量
nod	nɑd	點頭
punishment	ˋpʌnɪʃmənt	懲罰
independence	ˌɪndɪˋpɛndəns	獨立 , 自主

Health is better than wealth.	健康勝過財富
a girl with a strong personality	個性堅強的女孩
a sketch of the house	房屋草圖
biographical sketch	傳記速寫
write an abstract about the project	為企劃寫份摘要
met by pure coincidence	碰巧遇到
seeking fame and fortune	追求聲譽和財富
travel around the globe	環遊全球
apologize for the insult	對此侮辱致歉
come to a resolution	下定決心
She has a strong accent.	她口音很重
takes a lot of courage	需要很大的勇氣
with a nod of her head	她點頭
receive severe punishment	遭受嚴厲懲罰
financial independence	財務獨立

☐☐	**accounting**	ə`kaʊntɪŋ	結帳
☐☐	**belonging**	bə`lɔŋɪŋ	親密關係
☐☐	**belongings**	bə`lɔŋɪŋz	隨身物品
☐☐	**establishment**	ɪs`tæblɪʃmənt	建立,(建立的)企業
☐☐	**establishment**	ɪs`tæblɪʃmənt	體制,權勢集團
☐☐	**democracy**	dɪ`mɑkrəsɪ	民主
☐☐	**territory**	`tɛrəˏtorɪ	領土
☐☐	**justice**	`dʒʌstɪs	正義,司法審判
☐☐	**meantime**	`minˏtaɪm	其間,同時
☐☐	**oversight**	`ovɚˏsaɪt	出錯,疏忽
☐☐	**moral**	`mɔrəl	寓意,道德
☐☐	**saving**	`sevɪŋ	存款
☐☐	**sigh**	saɪ	嘆氣,嘆息
☐☐	**whistle**	`hwɪsl̩	氣笛
☐☐	**deduction**	dɪ`dʌkʃən	扣除,扣除額

careful accounting	小心結帳
a sense of belonging	歸屬感
bring your belongings	帶著你的隨身物品
reputable establishment	聲譽佳的企業
go against the establishment	對抗體制
spread of democracy	民主精神普及
neighboring territories	鄰近領土
bring to justice	移送法辦
in the meantime	在此同時
an oversight on his part	他的部分有出錯
the moral of this movie	電影的寓意
squander his savings	浪費存款
let out a sigh	嘆了一口氣
train whistle	火車氣笛聲
deductions on taxes	稅金扣除額

☐☐	**protest**	`protɛst	抗議,反對
☐☐	**soul**	sol	靈魂
☐☐	**crawl**	krɔl	緩緩行進
☐☐	**crawl**	krɔl	爬行
☐☐	**genius**	`dʒinjəs	天才,天賦
☐☐	**grasp**	græsp	理解
☐☐	**hollow**	`hɑlo	山谷
☐☐	**impulse**	`ɪmpʌls	衝動
☐☐	**instance**	`ɪnstəns	情況,場合
☐☐	**instance**	`ɪnstəns	例子,實例
☐☐	**obligation**	ˏɑbləˋgeʃən	義務,責任
☐☐	**outline**	`autˏlaɪn	大綱,概要
☐☐	**parallel**	`pærəˏlɛl	相似處
☐☐	**triumph**	`traɪəmf	勝利
☐☐	**cancellation**	ˏkænslˋeʃən	取消

protest in the streets	街頭抗議
save his soul	救贖他的靈魂
make a crawl to the door	緩緩走到門邊
baby's first crawl	嬰兒學爬
a genius at math	數學天才
grasp of the subject	理解學科
down in the hollow	下面的山谷
resist the impulse	忍住衝動
in this instance	在這情況下
for instance	例如
under no obligation	沒有義務
make an outline	製作大綱
find parallels	找出相似處
a significant triumph	重要的勝利
cancellation of the reservation	預約取消

☐☐	**comfort**	ˋkʌmfət	安慰, 舒適
☐☐	**expectation**	ˏɛkspɛkˋteʃən	期待
☐☐	**guidance**	ˋgaɪdn̩s	輔導, 指導
☐☐	**settlement**	ˋsɛt̩lmənt	協議, 解決
☐☐	**judgment**	ˋdʒʌdʒmənt	審判
☐☐	**prevention**	prɪˋvɛnʃən	預防, 防止
☐☐	**reflection**	rɪˋflɛkʃən	容貌酷似某人
☐☐	**reflection**	rɪˋflɛkʃən	倒影
☐☐	**remittance**	rɪˋmɪtn̩s	匯寄, 匯款
☐☐	**stake**	stek	股份
☐☐	**stake**	stek	賭注
☐☐	**tendency**	ˋtɛndənsɪ	傾向
☐☐	**applicant**	ˋæpləkənt	申請者
☐☐	**personnel**	ˏpɝsn̩ˋɛl	人員, 人事部門
☐☐	**suite**	swit	套房

give comfort	安慰
reduce expectations	降低期待
professional guidance	專業輔導
legal settlement	法律協議
sit in judgment	開庭審判
diabetes prevention	預防糖尿病
reflection of his father	酷似他父親
reflection in the mirror	鏡中倒影
remittance of payment	匯款
have a stake in the company	擁有這公司的股份
play for high stakes	下很高的賭注
tendency to talk too much	話太多的傾向
grad school applicants	研究所申請者
personnel office	人事部門
hotel suite	旅館套房

coupon	`kupɑn	優惠券
cruise	kruz	航行
mortgage	`mɔrgɪdʒ	抵押
certificate	sə`tɪfəkɪt	證明書
appliance	ə`plaɪəns	器具, 設備
supervisor	ˌsupə`vaɪzə	指導者, 監督人
shipment	`ʃɪpmənt	裝運 (的貨物)
shipping	`ʃɪpɪŋ	運費, 航運
ingredient	ɪn`gridɪənt	材料, 成分
cooperation	koˌɑpə`reʃən	合作, 協助, 配合
decade	`dɛked	十年
encounter	ɪn`kauntə	遇見, 遭遇
focus	`fokəs	重點
focus	`fokəs	焦距
patent	`pætn̩t	專利權

grocery coupon	雜貨店優惠券
Caribbean cruise	加勒比海航行
house mortgage	房子抵押
birth certificate	出生證明
kitchen appliances	廚房器具
consult my supervisor	和我的指導者商量
receive the shipment	收到貨物
pay for shipping	支付費用
ingredients for the recipe	食譜上的材料
hope to have your cooperation	希望你能合作
in the last decade	在過去十年
chance encounter	偶然相遇
lose my focus	失去重點
adjust the focus	調整焦距
file a patent	申請專利權

☐☐	**competitor**	kəm`pɛtətə	對手, 競爭者
☐☐	**lobby**	`lɑbɪ	大廳
☐☐	**identification**	aɪˌdɛntəfə`keʃən	身分證明
☐☐	**identification**	aɪˌdɛntəfə`keʃən	識別, 確認
☐☐	**registration**	ˌrɛdʒɪ`streʃən	登記, 註冊
☐☐	**toll**	tol	通行費
☐☐	**shuttle**	`ʃʌtl̩	來往兩地間的接駁服務
☐☐	**antique**	æn`tik	古董
☐☐	**assumption**	ə`sʌmpʃən	假設, 設想
☐☐	**convenience**	kən`vinjəns	方便, 便利
☐☐	**convention**	kən`vɛnʃən	大會
☐☐	**convention**	kən`vɛnʃən	習俗, 慣例
☐☐	**requirement**	rɪ`kwaɪrmənt	要求
☐☐	**sector**	`sɛktə	分區, 部門
☐☐	**analyst**	`ænl̩ɪst	分析者, 分析師

top competitor	頭號競爭對手
wait in the lobby	在大廳等候
proof of identification	身分證明
personal identification number	個人識別碼
car registration	汽車登記
pay a toll	付通行費
commuter shuttle	通勤者接駁車
Chinese antiques	中國古董
make an assumption	假設
a convenience store	便利商店
convention center	大會中心
social conventions	社會習俗
fulfill the requirements	履行要求
housing sector	房屋分區
financial analyst	財務分析師

booth	buθ	亭,攤位
brochure	bro`ʃʊr	小冊子
intersection	͵ɪntɚ`sɛkʃən	交叉,十字路口
apology	ə`pɑlədʒɪ	道歉
editor	`ɛdɪtɚ	編輯
editorial	͵ɛdə`torɪəl	社論
institute	`ɪnstətjut	學校,學院,研究所
invoice	`ɪnvɔɪs	發票
portion	`porʃən	部分
portion	`porʃən	一份
approval	ə`pruvl̩	批准,認可
council	`kaʊnsl̩	會議
bite	baɪt	咬
code	kod	密碼
conclusion	kən`kluʒən	結論

toll booth	收費亭
travel brochures	旅行手冊
turn at the first intersection	在第一個路口轉彎
make a formal apology	正式道歉
newspaper editor	報社編輯
read an editorial	閱讀社論
research institute	研究所
invoice for the repair	修理的發票
his portion of the bill	帳單上他要付的部分
a portion of meat	一份肉類
receive formal approval	收到正式批准
council of war	戰事會議
give a bite	咬一口
enter the code	輸入密碼
reach a conclusion	得到結論

conclusion	kən`kluʒən	結局
crisis	`kraɪsɪs	危機
household	`haʊsˌhold	家庭, 戶
preserve	prɪ`zɝv	保護區
pursuit	pɚ`sut	追求
shortage	`ʃɔrtɪdʒ	短缺, 匱乏
site	saɪt	地點, 場所
architect	`ɑrkəˌtɛkt	建築師
architecture	`ɑrkəˌtɛktʃɚ	建築 (風格)
disorder	dɪs`ɔrdɚ	混亂
disorder	dɪs`ɔrdɚ	失調
expansion	ɪk`spænʃən	擴展
expenditure	ɪk`spɛndɪtʃɚ	支出, 經費
implication	ˌɪmplɪ`keʃən	弦外之音, 含意
inquiry	ɪn`kwaɪrɪ	詢問

conclusion of the movie	電影結局
foreign oil crisis	國外石油危機
head of the household	一家之主
nature preserve	自然保護區
pursuit of happiness	追求幸福
housing shortage	住屋短缺
construction site	施工地點
a famous architect	著名建築師
England architecture	英國建築
be in a state of disorder	處在混亂的狀態
eating disorder	飲食失調
company expansion	公司擴展
regular expenditure	例行性支出
resent his implications	討厭他意有所指
make an inquiry	詢問

investor	ɪn`vɛstə	投資人
laboratory	`læbrə,torɪ	實驗室，研究室
microwave	`maɪkro,wev	微波（爐）
prime	praɪm	精華，全盛期
recipe	`rɛsəpɪ	食譜，烹飪法
superior	sə`pɪrɪə	上級，長官
superiority	sə,pɪrɪ`ɔrətɪ	優勢
category	`kætə,gorɪ	類別
combination	,kɑmbə`neʃən	聯盟，結合
factor	`fæktə	原因，因素
manual	`mænjuəl	簡介，手冊
status	`stetəs	情形，狀況
urge	ɝdʒ	衝動，迫切需要
allowance	ə`lauəns	限額
allowance	ə`lauəns	零用錢

report to investors	向投資人報告
experiment in the laboratory	在實驗室實驗
put it in the microwave	放入微波爐
She's in her prime.	她處於全盛期
cake recipe	蛋糕食譜
ask my superiors	問我上級長官
assert his superiority	維護他的優勢
spending categories	支出類別
form a combination	結為聯盟
factors in the decision	決定的因素
a user's manual	用戶手冊
marital status	婚姻狀況
get the urge to eat	迫切需要吃東西
baggage allowance	行李重量限額
give the kid an allowance	給小孩零用錢

☐☐	**attendant**	əˋtɛndənt	服務人員
☐☐	**cereal**	ˋsɪrɪəl	麥片
☐☐	**colleague**	ˋkɑlig	同事
☐☐	**compromise**	ˋkɑmprə͵maɪz	妥協
☐☐	**mechanic**	məˋkænɪk	技工
☐☐	**prescription**	prɪˋskrɪpʃən	處方，藥方
☐☐	**acquisition**	͵ækwəˋzɪʃən	獲得
☐☐	**amateur**	ˋæmə͵tʃʊr	業餘者
☐☐	**charm**	tʃɑrm	魅力
☐☐	**column**	ˋkɑləm	欄位，專欄
☐☐	**demonstration**	͵dɛmənˋstreʃən	示威遊行
☐☐	**demonstration**	͵dɛmənˋstreʃən	表露
☐☐	**entry**	ˋɛntrɪ	進入，加入
☐☐	**physician**	fɪˋzɪʃən	(內科)醫生
☐☐	**popularity**	͵pɑpjəˋlærətɪ	流行，人氣，受歡迎

flight attendant	空服員
breakfast cereal	早餐麥片
professional colleagues	專業的同事
reach a compromise	達成妥協
car mechanic	汽車技工
fill a prescription	按處方配藥
acquisition of knowledge	獲得知識
competition for amateurs	業餘者的比賽
resist his charms	抗拒他的魅力
column of names	姓名欄
stage a demonstration	舉行示威遊行
a demonstration of sadness	表露出悲傷
no entry	禁止進入
family physician	家庭醫師
gain popularity	人氣上升

scratch	skrætʃ	抓痕, 刮痕	
task	tæsk	任務	
anticipation	æn͵tɪsəˋpeʃən	期待, 預期	
appreciation	ə͵priʃɪˋeʃən	謝意, 感謝	
bureau	ˋbjʊro	局	
consumption	kənˋsʌmpʃən	消耗 (量)	
currency	ˋkɝənsɪ	貨幣	
exposure	ɪkˋspoʒɚ	曝曬	
exposure	ɪkˋspoʒɚ	陳列	
fiber	ˋfaɪbɚ	纖維 (素)	
hardware	ˋhɑrd͵wɛr	硬體	
inflation	ɪnˋfleʃən	通貨膨脹	
preference	ˋprɛfrəns	喜愛, 偏好	
devotion	dɪˋvoʃən	熱愛, 忠誠	
adaptation	͵ædæpˋteʃən	適應	

scratch on his arm	他手臂上的抓痕
performed the task	執行任務
with anticipation	期待
show my appreciation	表示我的謝意
Federal Bureau of Investigation	聯邦調查局
alcohol consumption	酒類消耗量
U.S. currency	美金
exposure to the sun	曝曬在太陽下
products exposure	產品曝光
get enough fiber	攝取足夠纖維素
computer hardware	電腦硬體
control inflation	控制通貨膨脹
express a preference	表達出偏好
devotion to her job	熱愛她的工作
evolutionary adaptation	演化適應

☐☐	**athlete**	`æθlɪt	運動員
☐☐	**bloom**	blum	花, 盛開
☐☐	**campaign**	kæm`pen	活動, 運動
☐☐	**concentration**	͵kɑnsṇ`treʃən	專心
☐☐	**concentration**	͵kɑnsṇ`treʃən	集中
☐☐	**departure**	dɪ`pɑrtʃə	出發, 起飛
☐☐	**efficiency**	ɪ`fɪʃənsɪ	效率
☐☐	**excess**	ɪk`sɛs	超過, 過量
☐☐	**fiction**	`fɪkʃən	小說
☐☐	**mess**	mɛs	雜亂
☐☐	**quantity**	`kwɑntətɪ	數量
☐☐	**variation**	͵vɛrɪ`eʃən	變動
☐☐	**alert**	ə`lɜt	警戒
☐☐	**alert**	ə`lɜt	警報
☐☐	**assembly**	ə`sɛmblɪ	集會

professional athlete	職業運動員
flowers in bloom	繁花盛開
presidential campaign	總統競選活動
destroy my concentration	破壞我的專心
concentration of population	人口集中
plane's departure	飛機起飛
improve efficiency	提高效率
drink to excess	喝酒過量
a work of fiction	小說作品
left a mess	留下一團亂
a significant quantity	相當大的數量
variation in the schedule	行程變動
be on the alert	保持警覺
a fire alert	火災警報
student assembly	學生集會

☐☐	**assembly**	əˋsɛmblɪ	組裝，裝配
☐☐	**bulb**	bʌlb	電燈泡
☐☐	**conductor**	kənˋdʌktə	(公車)售票員，列車長
☐☐	**conservative**	kənˋsɝvətɪv	保守者
☐☐	**disposal**	dɪˋspozḷ	處理
☐☐	**foam**	fom	泡沫
☐☐	**freeway**	ˋfrɪ͵we	高速公路
☐☐	**satellite**	ˋsætḷ͵aɪt	人造衛星
☐☐	**stain**	sten	斑點，污漬
☐☐	**stain**	sten	污點
☐☐	**undergraduate**	͵ʌndəˋgrædʒuɪt	大學生
☐☐	**acceptance**	əkˋsɛptəns	接受，許可
☐☐	**acceptance**	əkˋsɛptəns	歡迎，贊同
☐☐	**aspect**	ˋæspɛkt	方面，觀點
☐☐	**associate**	əˋsoʃɪɪt	同事，夥伴

assembly jobs	組裝工作
change a bulb	換電燈泡
bus conductor	車掌
fiscal conservative	財政守舊者
garbage disposal	垃圾處理
foam on top of beer	啤酒泡沫
get on the freeway	上高速公路
TV satellite	電視衛星
coffee stain	咖啡漬
a stain on his reputation	他名譽上有污點
classes for undergraduates	大學課程
acceptance to college	接受大學許可
gain widespread acceptance	獲得普遍歡迎
in all respects	在各方面
consult my associate	和我同事商量

circumstance	`sɝkəmˌstæns	情況 , 情勢
command	kə`mænd	運用能力
command	kə`mænd	指令 , 命令
commitment	kə`mɪtmənt	承諾 , 保證
craft	kræft	工藝 , 手藝
disaster	dɪ`zæstə	災難 , 災害
drag	dræg	令人厭倦的人事物
engagement	ɪn`gedʒmənt	訂婚
engagement	ɪn`gedʒmənt	約定 , 約會
recovery	rɪ`kʌvərɪ	復原
significance	sɪg`nɪfəkəns	意義
species	`spiʃiz	種類 , 物種
interpreter	ɪn`tɝprɪtə	口譯員 , 翻譯員
championship	`tʃæmpɪənˌʃɪp	錦標賽
champion	`tʃæmpɪən	冠軍

complicated circumstances	複雜的情況
have a good command of arithmetic	精通算術
computer commands	電腦指令
make a commitment	作出承諾
learn the craft	學習手工藝
natural disaster	天然災害
What a drag!	真無聊！
announce their engagement	宣佈他們訂婚
a lunch engagement	午餐的約會
make a quick recovery	很快復原
don't understand the significance	不了解這意義
extinct species	滅絕的物種
simultaneous interpreter	同步口譯
soccer championship	足球錦標賽
boxing champion	拳擊冠軍

☐☐	**concept**	ˋkɑnsɛpt	概念,思想
☐☐	**consultant**	kənˋsʌltənt	顧問
☐☐	**dispute**	dɪˋspjut	爭論,糾紛
☐☐	**exclusion**	ɪkˋskluʒən	排斥,排除在外
☐☐	**immigrant**	ˋɪməgrənt	(外來)移民
☐☐	**makeup**	ˋmekˏʌp	化妝
☐☐	**makeup**	ˋmekˏʌp	構造,構成
☐☐	**mission**	ˋmɪʃən	外交使團,代表團
☐☐	**mission**	ˋmɪʃən	任務
☐☐	**refugee**	ˏrɛfjʊˋdʒi	難民
☐☐	**relaxation**	ˏrilæksˋeʃən	放鬆
☐☐	**robbery**	ˋrɑbərɪ	搶劫(案)
☐☐	**strap**	stræp	皮帶,帶子
☐☐	**strap**	stræp	(公車捷運上的)吊環
☐☐	**surgery**	ˋsɝdʒərɪ	外科手術

innovative concept	創新的思想
management consultant	管理顧問
settle a dispute	解決糾紛
exclusion from the club	無法進入俱樂部
illegal immigrant	非法移民
makeup remover	卸妝水
makeup of the group	團體的構成
trade mission	貿易代表團
mission to Mars	火星任務
refugee status	難民身分
weekend of rest and relaxation	休息放鬆的週末
victim of robbery	搶劫案的受害者
loosen the strap	鬆開皮帶
hold onto a strap	握住吊環
outpatient surgery	門診手術

vow	vaʊ	誓約
accomplishment	əˋkamplɪʃmənt	成就
ambition	æmˋbɪʃən	雄心，抱負
amusement	əˋmjuzmənt	樂趣，娛樂
capacity	kəˋpæsətɪ	能力
capacity	kəˋpæsətɪ	容量，體積
chill	tʃɪl	風寒，寒冷
circuit	ˋsɝkɪt	電路
clip	klɪp	夾子
commerce	ˋkamɝs	商業，貿易
component	kəmˋponənt	零件，組成要素
consequence	ˋkansəˏkwɛns	後果
contrary	ˋkantrɛrɪ	相反
cottage	ˋkatɪdʒ	小屋
electronics	ɪlɛkˋtranɪks	電子學

wedding vows	婚禮誓約
many academic accomplishments	很多學術成就
full of ambition	充滿雄心壯志
much to my amusement	令我感到很有趣
her capacity to deal with problems	她處理問題的能力
has a seating capacity of 40000	可容納40000人
catch a chill	著涼
short circuit	短路
hair clip	髮夾
trade and commerce	商業貿易
computer components	電腦零件
suffer serious consequences	承受嚴重後果
on the contrary	恰恰相反
rent a beach cottage	租下海邊小屋
electronics industry	電子工業

☐☐	**exhibition**	ˌɛksəˋbɪʃən	展覽 (品)
☐☐	**fate**	fet	命運
☐☐	**identity**	aɪˋdɛntətɪ	身分 , 本身
☐☐	**intensity**	ɪnˋtɛnsətɪ	強烈
☐☐	**medium**	ˋmidɪəm	新聞媒介
☐☐	**misunderstanding**	ˋmɪsʌndəˋstændɪŋ	誤會
☐☐	**prospect**	ˋprɑspɛkt	前景 , 前途
☐☐	**reverse**	rɪˋvɝs	相反 , 反面
☐☐	**scholar**	ˋskɑlə	學者
☐☐	**scholarship**	ˋskɑləˌʃɪp	獎學金
☐☐	**sponsor**	ˋspɑnsə	贊助人
☐☐	**tension**	ˋtɛnʃən	緊張
☐☐	**welfare**	ˋwɛlˌfɛr	福利 , 社會救濟
☐☐	**consensus**	kənˋsɛnsəs	一致 , 合意
☐☐	**garment**	ˋgɑrmənt	服裝

museum exhibition	博物館展覽
leave it to fate	聽天由命
stolen identity	身分被盜用
emotional intensity	情感強烈
mass media	大眾傳播
It was just a misunderstanding.	誤會一場
seek better prospects	追尋更好的前景
just the reverse	恰好相反
classics scholar	古典學者
merit scholarship	應當得到獎學金
sponsors for the race	比賽贊助者
relieve the tension	紓解緊張
welfare system	社會救濟制度
come to a consensus	達成共識
garment industry	服裝工業

gear	gɪr	排檔
guideline	`gaɪd͵laɪn	指導原則
liquor	`lɪkə	酒 , 烈酒
productivity	͵prodʌk`tɪvətɪ	生產率
resignation	͵rɛzɪg`neʃən	辭呈 , 辭職
strategy	`strætədʒɪ	策略
tissue	`tɪʃʊ	衛生紙
anchor	`æŋkə	錨
blend	blɛnd	混合 (品)
capability	͵kepə`bɪlətɪ	能力
minister	`mɪnɪstə	部長
minister	`mɪnɪstə	神職人員
characteristic	͵kærəktə`rɪstɪk	特徵
conflict	`kɑnflɪkt	衝突
contrast	`kɑntræst	對比 , 差別

shift gears	換檔
follow the guidelines	聽從指導原則
liquor store	小酒店
agricultural productivity	農業生產率
submit his resignation	他遞辭呈
develop a strategy	展開策略
Pass me a tissue.	把衛生紙傳給我
drop anchor	拋錨停泊
a blend of coffee	混合咖啡
capability of running a store	經營商店的能力
Minister of Education	教育部長
minister of a church	教堂神職人員
defining characteristics	顯著特徵
resolve the conflict	解決衝突
adjust the monitor's contrast	調整螢幕對比

☐☐	**curiosity**	ˌkjʊrɪˋɑsətɪ	好奇
☐☐	**debate**	dɪˋbet	辯論
☐☐	**discipline**	ˋdɪsəplɪn	紀律
☐☐	**dive**	daɪv	俯衝, 急速下降
☐☐	**extent**	ɪkˋstɛnt	程度, 範圍
☐☐	**extreme**	ɪkˋstrim	極端
☐☐	**glow**	glo	微弱穩定的光
☐☐	**incident**	ˋɪnsədn̩t	事件, 插曲
☐☐	**initial**	ɪˋnɪʃəl	(名字的) 首字母
☐☐	**instructor**	ɪnˋstrʌktɚ	大學講師, 教練
☐☐	**intellectual**	ˌɪntl̩ˋɛktʃʊəl	知識分子
☐☐	**intellect**	ˋɪntl̩ˌɛkt	智力, 思維能力
☐☐	**intent**	ɪnˋtɛnt	意圖
☐☐	**monument**	ˋmɑnjəmənt	紀念碑
☐☐	**rescue**	ˋrɛskju	營救

166

satisfy your curiosity	滿足你的好奇心
participate in the debate	參加辯論
strict discipline	紀律嚴明
take a dive	突然下降
to a certain extent	在一定程度上
in the extreme	極度
the glow of the moon	月光
embarrassing incident	丟臉事件
sign your initials	簽上你的名字首字母
Chinese instructor	中文講師
be an intellectual	成為知識分子
keen intellect	才智出眾
criminal intent	犯罪意圖
historical monument	歷史紀念碑
come to the rescue	前來拯救

resolve	rɪ`zɑlv	決心,決意
scenery	`sinərɪ	風景
scene	sin	背景
scene	sin	鏡頭
scheme	skim	方案,計畫
trace	tres	痕跡
venture	`vɛntʃɚ	企業
vessel	`vɛsl̩	船艦
wildlife	`waɪld,laɪf	野生生物
ambassador	æm`bæsədɚ	大使
bug	bʌg	故障,錯誤
bug	bʌg	蟲子
famine	`fæmɪn	饑荒
highlight	`haɪ,laɪt	精彩部分
spectator	spɛk`tetɚ	觀眾

show considerable resolve	表現出相當的決心
enjoy the scenery	欣賞風景
set the scene	設定背景
movie scene	電影鏡頭
devise a scheme	策劃方案
leave a trace	留下蛛絲馬跡
joint venture	合資公司
sailing vessel	帆船
photograph wildlife	拍攝野生生物
Ambassador to Italy	駐義大利大使
software bug	軟體錯誤
Kill that bug.	殺掉那隻蟲
famine in Africa	非洲饑荒
What were the highlights?	最精采的部分為何？
spectators at the stadium	體育場的觀眾

☐☐	**vacuum**	ˋvækjʊəm	吸塵器
☐☐	**achievement**	əˋtʃivmənt	成就
☐☐	**acquaintance**	əˋkwentəns	認識的人, 泛泛之交
☐☐	**acquaintance**	əˋkwentəns	認識
☐☐	**agriculture**	ˋægrɪͺkʌltʃɚ	農業
☐☐	**collapse**	kəˋlæps	崩盤, 潰敗, 暴跌
☐☐	**collapse**	kəˋlæps	倒塌
☐☐	**constitution**	ͺkɑnstəˋtjuʃən	憲法
☐☐	**contest**	ˋkɑntɛst	競爭, 比賽
☐☐	**declaration**	ͺdɛkləˋreʃən	宣言
☐☐	**definition**	ͺdɛfəˋnɪʃən	釋義, 定義
☐☐	**enthusiasm**	ɪnˋθjuzɪͺæzəm	熱情, 熱忱
☐☐	**envy**	ˋɛnvɪ	嫉妒
☐☐	**era**	ˋɪrə	時代
☐☐	**harvest**	ˋhɑrvɪst	收穫

use the vacuum	使用吸塵器
impressive achievements	令人欽佩的成就
just an acquaintance	只是個泛泛之交
Pleased to make your acquaintance.	很高興認識你
industrial agriculture	農業工業化
economic collapse	經濟崩盤
the collapse of the stage	舞台倒塌
U.S. Constitution	美國憲法
a bitter contest	激烈競爭
Declaration of Independence	獨立宣言
definition of a word	單字釋義
curb your enthusiasm	壓抑你的熱情
green with envy	嫉妒到眼紅
a new era	新時代
summer harvest	夏季收穫

☐☐	**history**	ˋhɪstərɪ	歷史
☐☐	**instinct**	ˋɪnstɪŋkt	直覺, 本能
☐☐	**leap**	lip	跳躍
☐☐	**liquid**	ˋlɪkwɪd	液體
☐☐	**misery**	ˋmɪzərɪ	不幸, 悲慘
☐☐	**mode**	mod	方法, 方式
☐☐	**mode**	mod	模式
☐☐	**nationality**	ˌnæʃəˋnælətɪ	國籍
☐☐	**obedience**	əˋbidjəns	服從
☐☐	**origin**	ˋɔrədʒɪn	起源
☐☐	**outcome**	ˋaʊtˌkʌm	結果
☐☐	**output**	ˋaʊtˌpʊt	產量, 出產, 輸出
☐☐	**panic**	ˋpænɪk	恐慌
☐☐	**prosperity**	prɑsˋpɛrətɪ	繁榮
☐☐	**rage**	redʒ	怒氣

recent history	近代史
follow your instincts	憑直覺
take a leap	跳躍
melt into a liquid	融化成液體
Misery loves company.	禍不單行
different modes of doing business	做生意不同的方式
vibrating mode on the cell phone	手機震動模式
change nationalities	改變國籍
demand obedience	要求服從
the origins of life	生命的起源
change the outcome	改變結果
increase output	增加產量
start a panic	引起一陣恐慌
peace and prosperity	和平繁榮
suppress my rage	壓抑我的怒氣

☐☐	**remark**	rɪ`mɑrk	評論
☐☐	**replacement**	rɪ`plesmənt	替代品
☐☐	**sacrifice**	`sækrə͵faɪs	犧牲
☐☐	**satisfaction**	͵sætɪs`fækʃən	滿意,愉快
☐☐	**spectacle**	`spɛktəkl̩	奇觀
☐☐	**spectacle**	`spɛktəkl̩	眼鏡
☐☐	**substance**	`sʌbstəns	物質
☐☐	**suburb**	`sʌbɝb	郊區
☐☐	**thrill**	θrɪl	興奮,引起興奮之物
☐☐	**token**	`tokən	代幣
☐☐	**treaty**	`tritɪ	條約,協定
☐☐	**blossom**	`blɑsəm	花,開花
☐☐	**sensation**	sɛn`seʃən	轟動(事件)
☐☐	**dairy**	`dɛrɪ	乳製品
☐☐	**evaluation**	ɪ͵vælju`eʃən	評價

make a final remark	作出最後評語
send a replacement	寄替代品
make a sacrifice	作出犧牲
job satisfaction	工作帶來的滿足
create a spectacle	創造奇觀
grandma's spectacles	奶奶的眼鏡
chemical substances	化學物質
move to the suburbs	搬到郊區
feel a thrill	感到興奮
token for the MRT	捷運專用代幣
peace treaty	和平條約
cherry blossoms	櫻花
create a sensation	引起轟動
dairy allergy	奶類過敏
course evaluation	課程評價

headline	ˋhɛdˌlaɪn	標題
temptation	tɛmpˋteʃən	誘惑
workshop	ˋwɜkʃɑp	研討會
ache	ek	（持續性的）疼痛
ban	bæn	禁止
capture	ˋkæptʃə	捕獲
chemistry	ˋkɛmɪstrɪ	化學
chemistry	ˋkɛmɪstrɪ	來電
conscience	ˋkɑnʃəns	良心
enterprise	ˋɛntəˏpraɪz	企業, 公司
explosion	ɪkˋsploʒən	爆發, 爆炸
justification	ˏdʒʌstəfəˋkeʃən	正當理由, 辯解
perception	pəˋsɛpʃən	感覺, 察覺
persuasion	pəˋsweʒən	說服
plot	plɑt	劇情, 情節

made the headlines	下標題
resist temptation	抵擋誘惑
writing workshop	寫作研討會
aches and pains	疼痛
ban on weapons	禁令用武
criminal's capture	罪犯落網
chemistry laboratory	化學實驗室
They have a lot of chemistry.	他們很來電
conscience is clear	問心無愧
a great enterprise	大企業
hear a loud explosion	聽到爆炸的巨響
give justification	給予正當理由
intuitive perception	直覺
power of persuasion	說服力
twist in the plot	情節轉折

poverty	`pɑvətɪ	窮困
volunteer	ˌvɑlən`tɪr	志工
nap	næp	午睡

live in poverty	過窮困的生活
hospital volunteer	醫院志工
take a nap	午睡

negative	`nɛgətɪv	否定的
negative	`nɛgətɪv	負面的, 壞的
negative	`nɛgətɪv	消極的
sufficient	sə`fɪʃənt	足夠的, 充分的
strange	strendʒ	奇怪的
strange	strendʒ	陌生的
used	juzd	用過的, 舊的
used	just	習慣的
promising	`prɑmɪsɪŋ	有前途的, 大有可為的
federal	`fɛdərəl	聯邦的, 聯邦政府的
annual	`ænjuəl	一年的, 全年的
lower	`loə	下面的, 下層的
representative	rɛɛprɪ`zɛntətɪv	代表性的, 典型的
minimum	`mɪnəməm	最小的, 最少的
rental	`rɛntl̩	供出租的

a negative answer	否定的答案
have a negative influence	有負面影響
make a negative remark	發表消極的言論
provide sufficient proof	提供充足的證據
He's a strange guy.	他是個怪人
I felt strange all of a sudden.	我突然感到陌生
buy a used car	買中古車
I am used to watching TV at night.	我習慣晚上看電視
promising student	有前途的學生
work for the federal government	替聯邦政府工作
annual percentage rate	年利率
upper or lower berth	上舖或下舖
representative example	典型的範例
minimum wage	最低工資
rental car	出租車

☐☐	**current**	`kɝənt	目前的,現在的
☐☐	**current**	`kɝənt	通用的,流行的
☐☐	**luxurious**	lʌg`ʒʊrɪəs	奢侈的
☐☐	**registered**	`rɛdʒɪstɚd	註冊的,登記過的,掛號的
☐☐	**maximum**	`mæksəməm	最大的,最多的
☐☐	**nuclear**	`njuklɪə	核能的
☐☐	**resident**	`rɛzədənt	定居的
☐☐	**regional**	`ridʒənl	地區的,區域的
☐☐	**ironic**	aɪ`rɑnɪk	諷刺的,挖苦的
☐☐	**competitive**	kəm`pɛtətɪv	競爭的
☐☐	**corporate**	`kɔrpərɪt	公司的
☐☐	**corporate**	`kɔrpərɪt	共同的,全體的
☐☐	**severe**	sə`vɪr	嚴重的
☐☐	**severe**	sə`vɪr	嚴厲的
☐☐	**approximate**	ə`prɑksəmɪt	大概的,大約的

current landlord	目前的房東
no longer in current use	已不再通用
live a luxurious lifestyle	以奢侈方式生活
registered trademark	註冊商標
maximum baggage allowance	最高行李件數限額
nuclear power plant	核能發電廠
resident alien of the U.S.	居住在美國的僑民
company's regional office	公司的地區辦事處
make an ironic comment	作出諷刺的評語
competitive job	競爭激烈的工作
follow corporate policy	遵循公司政策
corporate obligation	共同的義務
severe shortage	嚴重短缺
severe criticism	嚴厲批評
approximate distance	大概的距離

☐	**executive**	ɪg`zɛkjʊtɪv	執行的 , 有執行權的
☐	**outdoor**	`aʊt͵dor	戶外的
☐	**secure**	sɪ`kjʊr	安全的 , 穩固的
☐	**secure**	sɪ`kjʊr	安心的 , 有把握的
☐	**definite**	`dɛfənɪt	明確的 , 肯定的
☐	**graphic**	`græfɪk	繪畫的 , 圖樣的
☐	**graphic**	`græfɪk	生動的 , 寫實的
☐	**electric**	ɪ`lɛktrɪk	電的 , 傳輸電的
☐	**electrical**	ɪ`lɛktrɪkl̩	電氣的 , 電機的
☐	**alternative**	ɔl`tɝnətɪv	替代的 , 供選擇的
☐	**alternative**	ɔl`tɝnətɪv	另類的 , 非傳統的
☐	**alternate**	`ɔltɚnɪt	交替的 , 替代的
☐	**convincing**	kən`vɪnsɪŋ	具說服力的
☐	**academic**	͵ækə`dɛmɪk	學院的 , 學術的
☐	**automatic**	͵ɔtə`mætɪk	自動的

executive committee	執行委員會
outdoor activities	戶外活動
live in a secure building	住在安全的大樓裡
She seems very secure with herself.	她似乎對自己很有把握
give me a definite date	給我明確的日期
graphic design	平面設計
This movie contains graphic violence.	這部片包含寫實暴力
electric outlet	插座
electrical engineer	電機工程師
alternative plan	替代方案
alternative medicine	另類醫療
take an alternate route	走替代路徑
make a convincing argument	提出具說服力的論點
work at an academic institution	在學術機構工作
an automatic coffee maker	自動咖啡機

	automatic	ˏɔtəˋmætɪk	無意識的
	huge	hjudʒ	巨大的
	unusual	ʌnˋjuʒʊəl	不尋常的 , 奇特的
	cultural	ˋkʌltʃərəl	文化的 , 修養的
	outstanding	ˋautˋstændɪŋ	未支付的 , 未解決的
	outstanding	ˋautˋstændɪŋ	傑出的
	rear	rɪr	後面的 , 後方的
	portable	ˋportəbḷ	手提式的 , 輕便的
	pale	pel	蒼白的
	pale	pel	(顏色) 淡的
	generous	ˋdʒɛnərəs	慷慨的 , 寬厚的
	generous	ˋdʒɛnərəs	豐盛的
	potential	pəˋtɛnʃəl	潛在的 , 有潛力的
	humid	ˋhjumɪd	潮濕的
	military	ˋmɪləˏtɛrɪ	軍事的 , 軍人的

an automatic reaction	無意識的反應
make a huge mistake	犯了大錯
have unusual interests	有奇特的興趣
be of different cultural backgrounds	有不同文化背景
outstanding balance on a credit card	信用卡有未清帳目
She's an outstanding doctor.	她是位傑出的醫生
look at the rear view	看後方的景色
portable heater	手提式暖氣
She has a pale complexion.	她臉色蒼白
wear a pale blue blouse	穿淡藍色的短衫
He's a very generous man.	他是個很慷慨的人
have a generous dinner	吃頓豐盛的晚餐
warn of potential dangers	警告有潛在危險
humid weather	天氣潮濕
military training	軍事訓練

	minor	`maɪnɚ	不重要的，小的
	acid	`æsɪd	酸味的，酸性的
	acid	`æsɪd	尖酸的
	constant	`kɑnstənt	持續的，不斷的
	constant	`kɑnstənt	固定的，不變的
	nearby	`nɪr͵baɪ	附近的
	ideal	aɪ`diəl	理想的，完美的
	joint	dʒɔɪnt	聯合的，共有的
	various	`vɛrɪəs	各種的，許多的
	ancient	`enʃənt	古老的，古代的
	confident	`kɑnfədənt	自信的，肯定的
	pioneering	͵paɪə`nɪrɪŋ	首創的，先驅性的
	careless	`kɛrləs	草率的
	careless	`kɛrləs	粗心大意的
	permanent	`pɝmənənt	永久的

188

play a minor role	扮演小角色
acid lemon	酸檸檬
have an acid wit	尖酸詼諧
be in constant contact	持續聯絡
a constant temperature	恆溫
at a nearby school	在附近的學校
find the ideal job	找到理想的工作
joint checking account	聯名活期帳戶
various artists	許多藝術家
ancient Chinese culture	古老的中國文化
She's very confident in herself.	她對自己非常有自信
pioneering medical treatment	首創的藥物治療
make a careless remark	作出草率的評論
careless work	粗心的工作
permanent address	固定住址

☐☐	**rare**	rɛr	稀有的，罕見的
☐☐	**temporary**	ˋtɛmpəˏrɛrɪ	臨時的
☐☐	**theoretical**	ˏθiəˋrɛtɪkl̩	理論的
☐☐	**mechanical**	məˋkænɪkl̩	機器的，機械的
☐☐	**calm**	kɑm	冷靜的，沉著的
☐☐	**calm**	kɑm	風平浪靜的
☐☐	**casual**	ˋkæʒuəl	不經意的，隨意的
☐☐	**casual**	ˋkæʒuəl	隨便的，非正式的
☐☐	**creative**	krɪˋetɪv	創作的，有創意的
☐☐	**eager**	ˋigə	熱切，渴望的
☐☐	**sensitive**	ˋsɛnsətɪv	過敏的
☐☐	**sensitive**	ˋsɛnsətɪv	敏感的
☐☐	**accused**	əˋkjuzd	被控告的
☐☐	**dependent**	dɪˋpɛndənt	依靠的，依賴的
☐☐	**dependent**	dɪˋpɛndənt	取決於，視 ... 而定

has a rare disease	患有罕見疾病
get a temporary visa	拿到臨時簽證
theoretical mathematics	理論數學
The plane had mechanical difficulties.	飛機出現機械問題
He has a calm disposition.	他性情冷靜
The water is calm today.	今天風平浪靜
a casual remark	不經意的話
wear casual dress	穿輕便的洋裝
creative thinking	創意思考
eager to please	渴望討好人
sensitive to pollen	對花粉過敏
She's very sensitive lately.	她近來十分敏感
the accused killer	被控告的殺人犯
a dependent child	依賴的小孩
dependent on your opinion.	取決於你的意見

□ □	**inexpensive**	ˌɪnɪkˋspɛnsɪv	不昂貴的
□ □	**internal**	ɪnˋtɝnḷ	內部的，裡面的
□ □	**internal**	ɪnˋtɝnḷ	國內的
□ □	**internal**	ɪnˋtɝnḷ	體內的
□ □	**organized**	ˋɔrgəˌnaɪzd	有組織的，井然有序的
□ □	**organized**	ˋɔrgəˌnaɪzd	有條理的
□ □	**postal**	ˋpostḷ	郵政的，郵寄的
□ □	**secondary**	ˋsɛkənˌdɛrɪ	次要的，第二的
□ □	**secondary**	ˋsɛkənˌdɛrɪ	中等教育的
□ □	**alive**	əˋlaɪv	活著的
□ □	**positive**	ˋpɑzətɪv	肯定的
□ □	**positive**	ˋpɑzətɪv	正面的，好的
□ □	**positive**	ˋpɑzətɪv	積極的，樂觀的
□ □	**silent**	ˋsaɪlənt	沉默的
□ □	**symbolic**	sɪmˋbɑlɪk	象徵性的

an inexpensive meal	平價餐點
internal structure	內部構造
internal politics	國內政治
internal medicine	內科
an organized system	有組織的系統
an organized desk	井然有序的書桌
postal services	郵政業務
It's my secondary choice.	那是我第二選擇
secondary school education	中學教育
stay alive	活著
I'm positive about that.	我很肯定
have a positive influence	有正面影響
a positive attitude	積極的態度
Everyone was silent at dinner.	晚餐時大家都沉默不語
make a symbolic gesture	作出象徵性表示

☐☐	**absolute**	`æbsə͵lut	完全的，絕對的
☐☐	**considerable**	kən`sɪdərəbl	相當大的
☐☐	**delighted**	dɪ`laɪtɪd	高興的，快樂的
☐☐	**dramatic**	drə`mætɪk	戲劇（性）的
☐☐	**instant**	`ɪnstənt	立即的，即刻的
☐☐	**instant**	`ɪnstənt	緊迫的，迫切的
☐☐	**instant**	`ɪnstənt	即溶的，速食的
☐☐	**loose**	lus	寬鬆的
☐☐	**loose**	lus	鬆散的，不嚴謹的
☐☐	**relative**	`rɛlətɪv	相對的，比較的
☐☐	**relative**	`rɛlətɪv	相關的
☐☐	**net**	nɛt	淨值的
☐☐	**blank**	blæŋk	空白的
☐☐	**blank**	blæŋk	茫然的
☐☐	**blank**	blæŋk	單調的，無變化的

absolute failure	徹底失敗
a considerable amount of time	相當多的時間
I'm delighted that you came.	我很高興你來了
a dramatic response	戲劇性的反應
gave an instant response	給予立即回覆
in instant need of help	迫切需要救助
instant coffee	即溶咖啡
My pants are loose.	我的褲子很鬆
make loose plans	制定鬆散的計畫
win with relative ease	贏得相對輕鬆
relative to the issue	與這個問題有關
yearly net income	年度淨利
a blank check	一張空白支票
a blank look	茫然的表情
stare at a blank wall	凝視著單調的牆

☐☐	**dull**	dʌl	沉悶的, 乏味的
☐☐	**dull**	dʌl	隱約的, 模糊的
☐☐	**dull**	dʌl	不利的, 鈍的
☐☐	**informal**	ɪn`fɔrml̩	非正式的
☐☐	**keen**	kin	熱衷的, 深切的
☐☐	**keen**	kin	敏銳的, 敏捷的
☐☐	**sensible**	`sɛnsəbl̩	明智的, 合情理的
☐☐	**sensible**	`sɛnsəbl̩	實用的, 不花俏的
☐☐	**gross**	gros	總共的
☐☐	**gross**	gros	噁心的, 令人討厭的
☐☐	**primary**	`praɪˌmɛrɪ	主要的, 首要的
☐☐	**primary**	`praɪˌmɛrɪ	最初的, 本來的
☐☐	**bitter**	`bɪtɚ	有苦味的
☐☐	**bitter**	`bɪtɚ	痛苦的
☐☐	**bitter**	`bɪtɚ	嚴寒的

dull conversation	乏味的對話
dull pain	隱隱作痛
Don't use a dull knife.	別用鈍刀
give an informal presentation	發表非正式的報告
show a keen interest	表現出深厚興趣
a keen sense of smell	敏銳的嗅覺
make a sensible decision	做出明智決定
wear sensible shoes	穿實用的鞋子
gross income	總收入
It was gross.	好噁心
primary goals	主要目標
in the primary stage	在最初階段
leave a bitter taste in my mouth	在我嘴裡留下苦味
bitter experience	痛苦的經驗
a bitter cold day	嚴寒的日子

☐☐	**conscious**	`kɑnʃəs	意識到的
☐☐	**conscious**	`kɑnʃəs	神智清醒的
☐☐	**cruel**	`kruəl	殘忍的, 殘酷的
☐☐	**cruel**	`kruəl	慘痛的
☐☐	**emotional**	ɪ`moʃənl	情緒的, 感情的
☐☐	**emotional**	ɪ`moʃənl	激起情感的, 有感染力的
☐☐	**guilty**	`gɪltɪ	內疚的, 慚愧的
☐☐	**guilty**	`gɪltɪ	有罪的, 有過失的
☐☐	**handy**	`hændɪ	手邊的, 近便的
☐☐	**handy**	`hændɪ	好用的, 便利的
☐☐	**odd**	ɑd	奇特的, 古怪的
☐☐	**odd**	ɑd	臨時的, 不固定的
☐☐	**odd**	ɑd	奇數的, 單數的
☐☐	**probable**	`prɑbəbl	很可能發生的
☐☐	**religious**	rɪ`lɪdʒəs	宗教的

be conscious of the error	意識到錯誤
need coffee to feel fully conscious	需要咖啡提神醒腦
cruel treatment	殘忍的對待
learn a cruel lesson	學到慘痛的教訓
demonstrate emotional maturity	表現出情緒成熟
an emotional movie	激起情感的電影
guilty look on his face	他臉上內疚的表情
He was proven guilty.	他被證明有罪
keep a cell phone handy	把手機帶在手邊
a handy guidebook	好用的旅行指南
have odd taste in women	對女性的品味奇特
do odd jobs	做臨時工
That's an odd number.	那是奇數
It's probable that I'll move soon.	我可能很快就會搬家
religious ritual	宗教儀式

☐☐	**rude**	rud	粗魯的,無禮的
☐☐	**sour**	saur	臭酸的
☐☐	**ugly**	`ʌglɪ	醜的,難看的
☐☐	**ugly**	`ʌglɪ	可憎的,醜惡的
☐☐	**vast**	væst	遼闊的,廣大的
☐☐	**vast**	væst	巨額的,大量的
☐☐	**awful**	`ɔfʊl	很糟糕的
☐☐	**awful**	`ɔfʊl	可怕的
☐☐	**grateful**	`gretfəl	感謝的,感激的
☐☐	**violent**	`vaɪələnt	強烈的,猛烈的
☐☐	**violent**	`vaɪələnt	暴力的
☐☐	**violent**	`vaɪələnt	劇烈的,極度的
☐☐	**stupid**	`stjupɪd	愚蠢的
☐☐	**atomic**	ə`tɑmɪk	原子的
☐☐	**bold**	bold	大膽的

give a rude reply	給予無禮的答覆
sour milk	臭酸的牛奶
She has an ugly face.	她長得難看
show her ugly side	現出她醜惡的一面
vast wilderness	廣闊的荒野
amassed vast wealth	累積巨額財富
awful behavior	極為糟糕的行為
She had an awful accident.	她出了可怕的車禍
She was grateful for the invitation.	她很感激這次邀請
violent storm	強烈的暴風雨
commit a violent crime	犯下暴力罪行
be in violent pain	劇痛
make a stupid mistake	犯了愚蠢的錯誤
atomic energy	原子能
made a bold decision	做出大膽決定

☐☐	**fortunate**	`fɔrtʃənɪt	幸運的
☐☐	**mental**	`mɛntl̩	思考的 , 智力的
☐☐	**mental**	`mɛntl̩	心理的 , 精神的
☐☐	**merchant**	`mɝtʃənt	商人的 , 商業的
☐☐	**stiff**	stɪf	堅硬的 , 僵硬的
☐☐	**stiff**	stɪf	拘謹的 , 生硬的
☐☐	**stiff**	stɪf	艱難的 , 激烈的
☐☐	**underground**	`ʌndɚ͵graʊnd	祕密的 , 不公開的
☐☐	**underground**	`ʌndɚ͵graʊnd	地面下的
☐☐	**vague**	veg	模糊的 , 含糊的
☐☐	**wealthy**	`wɛlθɪ	富裕的
☐☐	**bare**	bɛr	裸露的
☐☐	**bare**	bɛr	最基本的 , 最起碼的
☐☐	**visual**	`vɪʒuəl	視覺的
☐☐	**visual**	`vɪʒuəl	光學的

fortunate to be able to travel often	很幸運能經常旅行
achieve mental clarity	達到思路清晰
mental illness	精神疾病
merchant banks	商業銀行
stiff muscles	肌肉僵硬
stiff manner	生硬的態度
stiff competition	激烈的競爭
underground trade	地下貿易
underground tunnel	地下隧道
a vague answer	含糊的回答
wealthy businessman	富有的商人
show her bare shoulders	秀出她裸露的肩膀
the bare essentials	基本所需
use visual aids	使用視覺教具
buy some visual instruments	買光學儀器

abstract	`æbstrækt	抽象的 , 純理論的
abstract	`æbstrækt	抽象 (派) 的
accurate	`ækjərɪt	精確的 , 準確的
famous	`feməs	著名的
visible	`vɪzəbļ	可看見的
visible	`vɪzəbļ	顯而易見的
false	fɔls	錯誤的 , 不真實的
false	fɔls	假的 , 人造的 , 偽造的
false	fɔls	虛假的 , 不真誠的
ashamed	ə`ʃemd	羞愧的 , 丟臉的
independent	ˏɪndɪ`pɛndənt	獨立的 , 自治的
independent	ˏɪndɪ`pɛndənt	自立的 , 不依賴的
bound	baʊnd	必然的 , 一定的
bound	baʊnd	有義務的
bound	baʊnd	前往 ... 的

abstract concepts	抽象的概念
enjoy abstract art	欣賞抽象派藝術
give an accurate assessment	作出準確的評估
a famous movie star	著名電影明星
clearly visible	可以清楚看見
visible changes	顯而易見的變化
a false idea	錯誤的想法
false eyelashes	假睫毛
a false smile	虛假的笑容
feel ashamed of my behavior	對我的行為感到丟臉
an independent country	獨立的國家
an independent woman	自立的女性
He is bound to love you.	他必定會愛上你
felt bound to tell the truth	覺得有義務說實話
Brooklyn bound train	開往布魯克林的列車

☐☐	**democratic**	ˌdɛməˋkrætɪk	民主的
☐☐	**latest**	ˋletɪst	最新的，最近的
☐☐	**leading**	ˋlidɪŋ	主要的，最重要的
☐☐	**missing**	ˋmɪsɪŋ	遺失的，缺少的
☐☐	**moral**	ˋmɔrəl	道德的，精神的
☐☐	**sincere**	sɪnˋsɪr	真誠的，誠摯的
☐☐	**medical**	ˋmɛdɪkl̩	醫療的，醫學的
☐☐	**naked**	ˋnekɪd	光裸的
☐☐	**naked**	ˋnekɪd	無掩飾的
☐☐	**faint**	fent	微弱的
☐☐	**faint**	fent	暈眩的
☐☐	**hollow**	ˋhɑlo	中空的
☐☐	**hollow**	ˋhɑlo	虛偽的
☐☐	**impulsive**	ɪmˋpʌlsɪv	衝動的
☐☐	**mature**	məˋtur	成熟的，懂事的

democratic election	民主選舉
the latest news	最新消息
a leading manufacturer	主要製造商
the missing report	遺失的報告
moral support	精神支持
sincere effort	認真努力
medical school	醫學院
naked body	裸體
naked truth	不加掩飾的事實
faint sound	微弱的聲音
feel faint	感到暈眩
hollow tree	中空的樹木
hollow compliments	虛偽的恭維
impulsive behavior	衝動的行為
a mature grown-up	成熟的大人

mature	mə`tʃur	成熟的，發育完全的
parallel	`pærə,lɛl	平行的
challenging	`tʃælɪndʒɪŋ	具挑戰性的
fashionable	`fæʃənəbl	時髦的，流行的
running	`rʌnɪŋ	連續的
residential	,rɛzə`dɛnʃəl	適合居住的，住宅的
respective	rɪ`spɛktɪv	各自的
revolutionary	,rɛvə`luʃə,nɛrɪ	革命的，革命性的
rewarding	rɪ`wɔrdɪŋ	值得做的，有益的
solar	`solɚ	太陽能的
patent	`petn̩t	專利的，受專利保護的
elderly	`ɛldɚlɪ	年長的，年老的
toll-free	`tol`fri	免付費的
antique	æn`tik	古董的，古老的
conventional	kən`vɛnʃənl	傳統的，普通的

mature trees	成熟的樹木
parallel road	平行的道路
challenging task	具挑戰性的任務
fashionable outfit	時髦的套裝
four days running	連續四天
a residential area	住宅區
their respective spouses	他們各自的配偶
revolutionary change	革命性的改變
a rewarding experience	有益的體驗
solar panels	太陽能板
patent laws	專利法
an elderly lady	年長的女士
a toll-free number	免付費電話號碼
antique vase	古董花瓶
conventional ideas	傳統觀念

defective	dɪˋfɛktɪv	有缺陷的
appropriate	əˋproprɪɪt	適當的
editorial	͵ɛdəˋtorɪəl	社論的
eventual	ɪˋvɛntʃʊəl	最終的
unfortunate	ʌnˋfɔrtʃənɪt	倒楣的，不幸的
urgent	ˋɝdʒənt	緊急的，緊迫的
frequent	ˋfrikwənt	經常的，頻繁的
household	ˋhaʊs͵hold	家庭的
remote	rɪˋmot	遙遠的，遠端的
remote	rɪˋmot	偏僻的，偏遠的
spacious	ˋspeʃəs	寬敞的
prime	praɪm	最好的，絕佳的
prime	praɪm	主要的
superior	suˋpɪrɪə	更好的，更高的
manual	ˋmænjʊəl	手動的，手工的

defective **appliance**	有缺陷的用具
appropriate **behavior**	適當的行為
editorial **column**	社論專欄
eventual **conclusion**	最終的結論
unfortunate **event**	倒楣事
urgent **phone call**	緊急電話
frequent **flyer**	飛行常客
household **income**	家庭收入
remote **control**	遙控器
live in a remote **area**	住在偏遠地區
spacious **apartment**	寬敞的公寓
prime **location**	絕佳地點
prime **objective**	主要目的
the superior **candidate**	更優秀的候選者
manual **transmission**	手動變速裝置

☐☐	**overall**	ˋovɚˏɔl	全面的, 整體的
☐☐	**attendant**	əˋtɛndənt	伴隨而來的
☐☐	**amateur**	ˋæməˏtʃʊr	業餘的
☐☐	**charming**	ˋtʃɑrmɪŋ	迷人的
☐☐	**economical**	ˏikəˋnɑmɪkḷ	節約的
☐☐	**elementary**	ˏɛləˋmɛntrɪ	基礎的, 初級的
☐☐	**environmental**	ɪnˏvaɪrənˋmɛntḷ	(自然)環境的
☐☐	**extensive**	ɪkˋstɛnsɪv	廣泛的
☐☐	**urban**	ˋɝbən	城市的, 都市的
☐☐	**athletic**	æθˋlɛtɪk	運動的, 健壯的
☐☐	**efficient**	ɪˋfɪʃənt	有效率的
☐☐	**enormous**	ɪˋnɔrməs	巨大的, 龐大的
☐☐	**excess**	ˋɛksɛs	超過的, 超額的
☐☐	**excessive**	ɪkˋsɛsɪv	過度的, 過分的
☐☐	**profitable**	ˋprɑfɪtəbḷ	有利潤的, 有益的

overall price	整體價格
attendant problems	伴隨而來的問題
amateur actor	業餘演員
charming smile	迷人微笑
economical car	節約能源車
elementary school	小學
environmental problems	環境問題
extensive research	廣泛研究
urban planning	都市計畫
athletic apparel	運動服
efficient process	有效率的流程
enormous success	大成功
excess baggage	超重行李
excessive spending	過度花費
profitable deal	有利的交易

☐	**alert**	əˋlɜt	警覺的，戒備的
☐	**cautious**	ˋkɔʃəs	小心的，謹慎的
☐	**conservative**	kənˋsɜvətɪv	保守的，守舊的
☐	**conservative**	kənˋsɜvətɪv	保守的，低估的
☐	**elegant**	ˋɛləgənt	優雅的，雅致的
☐	**embarrassing**	ɪmˋbærəsɪŋ	丟臉的
☐	**trim**	trɪm	苗條的
☐	**worldwide**	ˋwɜldˏwaɪd	全球的，世界各地的
☐	**acceptable**	əkˋsɛptəbl̩	可接受的，認可的
☐	**acceptable**	əkˋsɛptəbl̩	尚可的
☐	**apparent**	əˋpærənt	顯而易見的
☐	**apparent**	əˋpærənt	表面上的
☐	**associate**	əˋsoʃɪət	準的，副的
☐	**critical**	ˋkrɪtɪkl̩	批評的，批判性的
☐	**critical**	ˋkrɪtɪkl̩	極重要的，關鍵的

alert expression	警覺的表情
cautious movement	小心移動
conservative dress	保守的服裝
conservative estimate	保守估計
an elegant restaurant	雅致的餐廳
embarrassing mistake	丟臉的錯誤
trim physique	苗條的體型
worldwide recognition	舉世公認
acceptable types of payment	可接受的付款方式
The service was acceptable.	服務尚可
The dent was abundantly apparent.	凹痕十分明顯
apparent peace	表面的和平
an associate director	副導演
critical advice	批評指教
a critical factor	關鍵因素

☐☐	**deadly**	`dɛdlɪ	致命的
☐☐	**significant**	sɪg`nɪfɪkənt	有重大意義的
☐☐	**crucial**	`kruʃəl	關鍵性的
☐☐	**protective**	prə`tɛktɪv	保護的, 防護的
☐☐	**ambitious**	æm`bɪʃəs	有雄心的
☐☐	**amusing**	ə`mjuzɪŋ	有趣的
☐☐	**chilly**	`tʃɪlɪ	寒冷的, 冷淡的
☐☐	**civil**	`sɪvḷ	國民的, 公民的
☐☐	**civil**	`sɪvḷ	民事的
☐☐	**civil**	`sɪvḷ	有禮的
☐☐	**contrary**	`kɑntrɛrɪ	相反的
☐☐	**desirable**	dɪ`zaɪrəbḷ	想要的, 值得擁有的
☐☐	**desirable**	dɪ`zaɪrəbḷ	有魅力的
☐☐	**distinguished**	dɪ`stɪŋgwɪʃt	卓越的, 傑出的
☐☐	**electronic**	ɪlɛk`trɑnɪk	電子的

deadly accident	致命的意外
significant contribution	重大貢獻
crucial moment	關鍵性的時刻
protective custody	保護性拘留
ambitious student	雄心勃勃的學生
amusing anecdote	有趣的軼事
chilly weather	冷颼颼的天氣
civil rights	公民權
civil action	民事訴訟
She was civil to me.	她對我彬彬有禮
contrary opinion	相反意見
desirable location	理想地點
desirable woman	富有魅力的女性
distinguished professor	卓越的教授
electronic books	電子書

☐☐	**fatal**	`fetl	致命的
☐☐	**fatal**	`fetl	極嚴重的, 要命的
☐☐	**intense**	ɪn`tɛns	強烈的, 極度的
☐☐	**medium**	`midɪəm	中等的
☐☐	**mutual**	`mjutʃuəl	彼此的, 互相的
☐☐	**mutual**	`mjutʃuəl	共同的, 共有的
☐☐	**passive**	`pæsɪv	消極的, 被動的
☐☐	**passive**	`pæsɪv	被動語態的
☐☐	**reverse**	rɪ`vɝs	相反的
☐☐	**reverse**	rɪ`vɝs	背面的, 反面的
☐☐	**tense**	tɛns	緊繃的
☐☐	**tense**	tɛns	緊張的
☐☐	**incredible**	ɪn`krɛdəbl	難以置信的
☐☐	**incredible**	ɪn`krɛdəbl	驚人的, 極好的
☐☐	**productive**	prə`dʌktɪv	生產的, 多產的

fatal disease	致命的疾病
made a fatal mistake	犯了要命的錯誤
intense disappointment	極度失望
medium size	中號
mutual understanding	互相了解
a mutual friend	共同的朋友
play a passive role	扮演被動的角色
use the passive voice	使用被動式
in the reverse direction	相反方向
print on the reverse side	印在反面上
tense shoulders	肩膀緊繃
tense situation	緊張的局勢
incredible experience	難以置信的經驗
make an incredible offer	出價驚人
a productive writer	多產的作家

relieved	rɪˋlivd	放心的
capable	ˋkepəbl̩	有能力的 , 有才能的
characteristic	͵kærəktəˋrɪstɪk	獨特的 , 特有的
curious	ˋkjurɪəs	好奇的
delicate	ˋdɛləkət	纖細的 , 嬌嫩的
delicate	ˋdɛləkət	微妙的
enjoyable	ɪnˋdʒɔɪəbl̩	有趣的 , 愉快的
extreme	ɪkˋstrim	極度的 , 極大的
extreme	ɪkˋstrim	極端的 , 嚴重的
favorable	ˋfevərəbl̩	贊同的 , 有利的
immense	ɪˋmɛns	巨大的 , 極大的
initial	ɪˋnɪʃəl	最初的 , 開始的
intellectual	͵ɪntl̩ˋɛktʃuəl	智慧的 , 智力的
intent	ɪnˋtɛnt	決心做
realistic	͵rɪəˋlɪstɪk	現實的 , 實際的

relieved look on his face	他面露放心的表情
capable of writing	有寫作才能
characteristic accent	特有的口音
curious boy	好奇的男孩
delicate hands	纖細的雙手
delicate balance	微妙的平衡
enjoyable dinner	愉快的晚餐
extreme pressure	極大的壓力
extreme measures	極端的手段
favorable comments	好評
immense failure	大失敗
initial impression	最初的印象
intellectual property	智慧財產
intent on making it happen	決心讓它發生
Be realistic.	實際一點

☐☐	**realistic**	ˏrɪə`lɪstɪk	可實現的
☐☐	**shallow**	`ʃælo	淺的
☐☐	**shallow**	`ʃælo	膚淺的
☐☐	**snap**	snæp	匆忙的
☐☐	**thorough**	`θɝo	徹底的 , 完全的
☐☐	**acute**	ə`kjut	嚴重的
☐☐	**acute**	ə`kjut	急劇的
☐☐	**acute**	ə`kjut	敏鋭的 , 靈敏的
☐☐	**magnificent**	mæg`nɪfəsnt	壯麗的 , 宏偉的
☐☐	**numerous**	`numərəs	許多的
☐☐	**restricted**	rɪ`strɪktɪd	限制的 , 受限的
☐☐	**apt**	æpt	傾向於
☐☐	**artificial**	ˏɑrtə`fɪʃəl	人工的 , 人造的
☐☐	**enthusiastic**	ɪnˏθuzɪ`æstɪk	熱切的 , 熱烈的
☐☐	**envious**	`ɛnvɪəs	羨慕的

realistic **expectations**	可實現的期待
shallow **pool**	淺水池
She's pretty shallow.	她相當膚淺
snap **judgments**	匆忙判斷
thorough **examination**	徹底檢視
acute **anxiety**	嚴重焦慮
acute **disease**	急病
acute **hearing**	聽覺敏銳
magnificent **view**	壯麗的景觀
numerous **difficulties**	許多困難
restricted **access**	限制進入
apt **to return home**	想回家
artificial **lighting**	人工照明
enthusiastic **approval**	熱烈贊同
envious **of your wealth**	羨慕你的財富

extraordinary	ɪk`strɔrdn͵ɛrɪ	非凡的
frank	fræŋk	坦率的
historical	hɪ`stɔrɪkl̩	(有關)歷史的
historic	hɪ`stɔrɪk	史上著名的,歷史性的
illegal	ɪ`ligl̩	非法的
inevitable	ɪn`ɛvətəbl̩	必然的,不可避免的
liquid	`lɪkwɪd	流動的,容易變現的
liquid	`lɪkwɪd	液體的
miserable	`mɪzrəbl̩	痛苦的,悲慘的
obedient	ə`bidɪənt	順從的,聽話的
peculiar	pɪ`kjuljə	怪異的,特殊的
primitive	`prɪmətɪv	遠古的,原始的
prosperous	`prɑspərəs	繁榮的
remarkable	rɪ`mɑrkəbl̩	顯著的
remarkable	rɪ`mɑrkəbl̩	卓越的,非凡的

extraordinary mind	心智非凡
frank opinion	坦率的意見
historical viewpoint	歷史觀點
historic house	史上著名的房子
illegal alien	非法外僑
inevitable conclusion	必然的結局
liquid assets	流動資產
liquid diet	流質飲食
I had a miserable time.	我有過一段痛苦時光
obedient wife	順從的妻子
peculiar preferences	特殊癖好
primitive lifestyle	原始的生活方式
prosperous decade	繁榮的十年
remarkable improvement	顯著的改善
remarkable scientist	卓越的科學家

☐☐	**skillful**	`skɪlfəl	技術好的, 熟練的
☐☐	**spectacular**	spɛk`tækjələ	壯觀的, 壯麗的
☐☐	**stable**	`stebl̩	穩定的
☐☐	**steep**	stip	陡峭的
☐☐	**steep**	stip	急劇的
☐☐	**tender**	`tɛndə	溫柔的, 柔軟的
☐☐	**token**	`tokən	象徵性的
☐☐	**upward**	`ʌpwəd	升高的, 向上的
☐☐	**precise**	prɪ`saɪs	精確的, 確切的
☐☐	**sensational**	sɛn`seʃənl̩	引起轟動的
☐☐	**abundant**	ə`bʌndənt	大量的, 充足的
☐☐	**dairy**	`dɛrɪ	牛奶的, 乳品業的
☐☐	**diplomatic**	ˌdɪplə`mætɪk	外交的
☐☐	**flexible**	`flɛksəbl̩	彈性的, 可變動的
☐☐	**flexible**	`flɛksəbl̩	柔韌的, 可彎曲的

skillful with a saw	熟練使用鋸子
spectacular gorge	壯觀的峽谷
stable relationship	穩定的關係
a steep hill	陡峭的山丘
a steep rise in prices	價格急劇上升
tender moment	溫柔時刻
token reward	象徵性的獎勵
an upward trend	升高的趨勢
precise measurement	精確的測量
sensational reviews	引起轟動的評論
abundant supply of food	食物供給充足
dairy cattle	乳牛
diplomatic efforts	外交成果
flexible schedule	彈性的行程表
flexible legs	柔韌的雙腿

neutral	`nutrəl	中立的
regardless	rɪ`gɑrdləs	不顧 , 不管
conscientious	ˌkɑnʃɪ`ɛnʃəs	憑良心的
conscientious	ˌkɑnʃɪ`ɛnʃəs	認真的 , 勤勉的
faithful	`feθfəl	忠實的
humble	`hʌmbl̩	卑微的
humble	`hʌmbl̩	謙虛的
innocent	`ɪnəsn̩t	純真的
innocent	`ɪnəsn̩t	清白的 , 無辜的
liberal	`lɪbərəl	自由的
liberal	`lɪbərəl	開明的
voluntary	`vɑlənˌtɛrɪ	自願的

neutral position	處於中立
regardless of what he thinks	不管他的想法
a conscientious decision	良心的決定
a conscientious employee	認真的職員
faithful husband	忠實的丈夫
humble background	卑微的背景
He's still a humble man.	他仍然很謙虛
innocent child	純真的孩子
innocent until proven guilty	證明有罪前仍是清白
liberal trade relations	自由貿易關係
liberal viewpoints	開明的觀點
voluntary service	自願服務

☐☐	**obviously**	`ɑbvɪəslɪ	顯然
☐☐	**surely**	`ʃurlɪ	的確，肯定
☐☐	**currently**	`kɝəntlɪ	現在，目前
☐☐	**ironically**	aɪ`rɑnɪklɪ	諷刺地
☐☐	**approximately**	ə`prɑksəmɪtlɪ	大概，大約
☐☐	**outdoors**	ˌaut`dɔrz	在戶外
☐☐	**frequently**	`frikwəntlɪ	經常，頻繁
☐☐	**fairly**	`fɛrlɪ	相當，頗
☐☐	**fairly**	`fɛrlɪ	公平，公正
☐☐	**constantly**	`kɑnstəntlɪ	經常地，不斷地
☐☐	**nearby**	ˌnɪr`baɪ	在附近
☐☐	**equally**	`ikwəlɪ	平均地，相等地
☐☐	**mainly**	`menlɪ	主要地，大多
☐☐	**seriously**	`sɪrɪəslɪ	當真，認真地
☐☐	**seriously**	`sɪrɪəslɪ	嚴重地

obviously did not enjoy the movie	顯然不喜歡這部電影
I surely want to go.	我的確很想去
I'm currently employed.	我目前有工作
ironically lost the winning ticket	諷刺地弄丟中獎彩券
took approximately eight hours	大概花八小時
play outdoors	在戶外玩
eat frequently at this restaurant	常在這間餐廳用餐
fairly easy	相當容易
treated him fairly	待他公平
constantly asking questions	經常發問
She lives nearby.	她住在附近
share the bill equally	帳單平均分攤
mainly watch TV in the evenings	大多在晚上看電視
seriously thought he was interested	當真認為他感興趣
get seriously hurt	受傷嚴重

heavily	`hɛvɪlɪ	厲害地, 猛烈地
heavily	`hɛvɪlɪ	鬱悶地
absolutely	ˌæbsə`lutlɪ	當然, 絕對
absolutely	`æbsəˌlutlɪ	絕對地, 完全地
absolutely	`æbsəˌlutlɪ	極其
gradually	`grædʒuəlɪ	逐漸地
instantly	`ɪnstəntlɪ	立刻, 馬上
totally	`totḷɪ	完全
closely	`kloslɪ	緊密地, 密切地
closely	`kloslɪ	仔細地
possibly	`pɑsəblɪ	可能, 或許
badly	`bædlɪ	糟糕地, 拙劣地
badly	`bædlɪ	很, 非常
badly	`bædlɪ	嚴重地, 厲害地
fortunately	`fɔrtʃənətlɪ	幸運地

It rained heavily last night.	昨晚雨下得很大
The boy looked at her heavily.	男孩悶悶不樂望著她
Absolutely not!	絕對不會！
absolutely right	完全正確
I think it's absolutely wonderful	我覺得極其美妙
hope to lose weight gradually	希望漸漸瘦下來
instantly knew it was him	立刻就知道是他
totally agree with her	完全同意她
work closely with her	和她密切合作
watch closely and see	仔細觀察
I will possibly change my mind.	我可能會改變主意
acted badly at the meeting	在會議中表現糟糕
miss him badly	好想念他
cough badly	咳得厲害
I fortunately won the award.	我幸運得獎

	merely	`mɪrlɪ	只是
	respectively	rɪ`spɛktɪvlɪ	分別,各自
	toll-free	`tol`fri	免付費地
	eventually	ɪ`vɛntʃuəlɪ	終於,最後
	unfortunately	ʌn`fɔrtʃənɪtlɪ	不幸地
	overall	ˏovɚ`ɔl	整體,大致上
	shortly	`ʃɔrtlɪ	馬上,不久
	promptly	`prɑmptlɪ	立即
	regularly	`rɛgjələlɪ	規律地
	strictly	`strɪktlɪ	嚴格地
	worldwide	`wɜldˏwaɪd	遍及全球
	apparently	ə`pærəntlɪ	明顯地
	deadly	`dɛdlɪ	非常
	definitely	`dɛfənɪtlɪ	確定,當然
	definitely	`dɛfənɪtlɪ	明確地,確切地

merely **looking around**	只是看看
Ed and Ian like pizza and pie, respectively.	Ed和Ian分別喜歡披薩和派
call toll-free	打電話免付費
eventually **chose this one**	最終選了這個
unfortunately **can't make it**	很不幸無法趕上
increased overall	大致上有增加
The plane is taking off shortly.	飛機馬上就要起飛
arrived promptly	立即抵達
eat regularly	飲食規律
strictly **speaking**	嚴格來說
ship worldwide	運送至全球各地
apparently **interested**	明顯感興趣
deadly **accurate**	非常精準
definitely **remember that night**	當然記得那夜
not definitely **decided yet**	還沒明確決定

☐☐	**relatively**	ˈrɛlətɪvlɪ	相當
☐☐	**scarcely**	ˈskɛrslɪ	幾乎不
☐☐	**presently**	ˈprɛzn̩tlɪ	目前,現在
☐☐	**aboard**	əˈbɔrd	在(機,船,車)上
☐☐	**immensely**	ɪˈmɛnslɪ	非常
☐☐	**occasionally**	əˈkeʒənlɪ	偶爾地
☐☐	**thoroughly**	ˈθɝolɪ	徹底地,仔細地
☐☐	**barely**	ˈbɛrlɪ	僅僅
☐☐	**frankly**	ˈfræŋklɪ	坦白地,坦率地
☐☐	**readily**	ˈrɛdɪlɪ	容易地,方便地
☐☐	**upward**	ˈʌpwəd	往上地
☐☐	**regardless**	rɪˈgɑrdləs	不顧一切
☐☐	**steadily**	ˈstɛdəlɪ	穩定地
☐☐	**despite**(介系詞)	dɪˈspaɪt	儘管
☐☐	**aboard**(介系詞)	əˈbɔrd	在(機,船,車)上

relatively full	相當飽滿
I can scarcely decide.	我幾乎無法決定
presently don't know	目前不知道
Welcome aboard	歡迎搭乘
immensely satisfied	非常滿意
occasionally travel	偶爾旅行
be researched thoroughly	徹底研究
barely know his name	只知道他的名字
I frankly don't care.	坦白説我不在乎
readily available	容易買到
upward climb	往上爬
attend regardless	不顧一切參加
steadily increase	穩定增加
Despite being sick, she slept little.	儘管生病,她仍睡得很少
ride aboard the train	搭上火車

memo

860up

音檔編號

30
—
56

☐ **affirm**	ə`fɜm	肯定屬實,斷言
☐ **certify**	`sɜtə،faɪ	證明,證實
☐ **confess**	kən`fɛs	承認,坦白
☐ **decay**	dɪ`ke	使 ... 腐朽,使 ... 腐爛
☐ **deceive**	dɪ`siv	欺騙
☐ **digest**	daɪ`dʒɛst	消化
☐ **digest**	daɪ`dʒɛst	領悟,融會
☐ **grieve**	griv	悲傷,悲痛
☐ **legislate**	`lɛdʒɪs،let	制定法律
☐ **preoccupy**	pri`ɑkjə،paɪ	佔去全部心思
☐ **presume**	prɪ`zum	推定,假定
☐ **resist**	rɪ`zɪst	反抗,抵擋
☐ **restrain**	rɪ`stren	克制,忍住
☐ **restrain**	rɪ`stren	抑制,控制
☐ **seize**	siz	抓住,把握

affirm what he said	肯定他所言不假
He was certified dead.	他證實已死亡
confess a crime	認罪
Rain decays the leaves.	雨水讓樹葉腐爛
deceive a friend	欺騙朋友
digest dinner	消化晚餐
digest this conversation	將談話融會貫通
grieve the death of a loved one	為痛失所愛而悲傷
legislate a new law	制定新法
preoccupy my mind	縈繞我心
presume innocence	推定無罪
resist temptation	抵擋誘惑
restrain myself from crying	我忍住不哭
restrain inflation	控制通貨膨脹
seize the chance	把握機會

spill	spɪl	使溢出，灑出來
sting	stɪŋ	刺，叮
upright	`ʌp͵raɪt	豎立
wander	`wɑndɚ	閒晃，遊蕩，徘徊
weave	wiv	編織
tame	tem	馴服，馴養
tidy	`taɪdɪ	整理
shelter	`ʃɛltɚ	遮擋，保護
betray	bɪ`tre	背叛，出賣，辜負
thrust	θrʌst	猛推，擠，塞
refund	rɪ`fʌnd	退還
accommodate	ə`kɑmə͵det	能容納
accommodate	ə`kɑmə͵det	提供 ... 住宿
contaminate	kən`tæmə͵net	污染，毒害
eliminate	ɪ`lɪmə͵net	排除，消除

spill her drink	把她的飲料灑出來
sting me on my nose	叮我的鼻子
uprighted the table	豎起餐桌
wander the streets	在街上遊蕩
weave a web	織網
tame a wild animal	馴服野生動物
tidy her room	整理她的房間
shelter us from the storm	替我們擋住暴風雨
betray his friend	背叛他的朋友
thrust money into my hand	把錢往我手裡塞
refund the money	退錢
accommodate 500 people	能容納500人
accommodate you for the night	供你住宿一晚
contaminate the food with germs	食物被細菌污染
eliminates the need for discussion	排除討論的必要

bid	bɪd	（拍賣中）出價
notify	`notə,faɪ	通知，通報
nourish	`nɜɪʃ	養育，滋養
upgrade	,ʌp`gred	升級，升等
complicate	`kɑmplə,ket	使複雜化
insert	ɪn`sɜt	插入
radiate	`redɪ,et	散發（光、熱等）
vaccinate	`væksə,net	給…接種疫苗
authorize	`ɔθə,raɪz	授權，批准
verify	`vɛrə,faɪ	證明，證實
counsel	`kaʊnsl̩	提供諮詢，建議
handicap	`hændɪ,kæp	妨礙，使吃虧
irritate	`ɪrə,tet	使惱怒，使煩躁
irritate	`ɪrə,tet	刺激（身體部位），使過敏
revise	rɪ`vaɪz	修訂，修正

bid money for a house	出價買房子
notified us of the change	通知我們有變更
nourish him with food	用食物養育他
upgrade the computer	電腦升級
don't complicate the matter	別把問題複雜化
insert your card into the ATM	把你的卡片插入ATM
radiate heat	散發出熱度
get vaccinated against hepatitis B	接種B型肝炎疫苗
authorize the purchase	授權購買
verify his identity	證明他的身分
counsel the married couple	為這對夫婦提供諮詢
The injury handicapped her.	受傷讓她吃虧
He really irritates me.	他真的讓我火大
The thick smoke irritated my eyes.	濃煙刺激我的眼睛
revise the document	修訂文件

☐☐	**merchandise**	`mɝtʃənˌfaɪz	銷售
☐☐	**designate**	`dɛzɪgˌnet	指派，指定，標明
☐☐	**partition**	par`tɪʃən	隔開，分割
☐☐	**rebate**	`ribet	退還，折扣
☐☐	**assess**	ə`sɛs	評估
☐☐	**compliment**	`kɑmpləmənt	恭維，讚美
☐☐	**congratulate**	kən`grætʃəˌlet	恭喜，祝賀
☐☐	**depress**	dɪ`prɛs	使…沮喪，使…消沉
☐☐	**overwhelm**	ˌovɚ`hwɛlm	使…難以承受，壓倒，擊敗
☐☐	**comprise**	kəm`praɪz	包含，由…組成
☐☐	**enforce**	ɪn`fors	強制執行
☐☐	**inconvenience**	ˌɪnkən`vinjəns	給…造成不便，給…帶來麻煩
☐☐	**enroll**	ɪn`rol	使…加入，招收，登記
☐☐	**disable**	dɪs`ebl	使…傷殘，使…喪失能力
☐☐	**disable**	dɪs`ebl	使…無效，使…無法正常運作

merchandise clothing	銷售衣服
designate a driver	指派司機
partition the room	隔開房間
rebate $20 for the purchase	這次購買折價20元
assess its worth	評估其價值
compliment her on her hair	讚美她的秀髮
congratulate the new parents	恭喜剛成為父母
The news depressed me.	這消息讓我沮喪
I was overwhelmed by his remark.	他的話讓我難以承受
The book comprises 6 units.	本書包含6個單元
enforce the rules	強制執行規定
I don't want to inconvenience you.	我不想造成你的不便
enroll new students	招收新生
He was disabled in a fire.	火災造成他傷殘
disable internet connection	使網路無法連線

blast	blæst	炸開
cite	saɪt	引用
donate	`donet	捐贈,捐獻
equip	ɪ`kwɪp	配備,裝備
fascinate	`fæsn̩͵et	使…著迷
frustrate	`frʌs͵tret	使…挫敗,使…沮喪
leak	lik	洩漏
penetrate	`pɛnə͵tret	穿過,進入
penetrate	`pɛnə͵tret	瀰漫,滲透
tag	tæg	給…加上標籤
assemble	ə`sɛmbl̩	組裝
astonish	ə`stɑnɪʃ	使…震驚
convert	kən`vɝt	轉換,改變
deprive	dɪ`praɪv	剝奪,使…喪失
fulfill	fʊl`fɪl	實現,履行

blast it to pieces	炸成碎片
cite a source	引用資料來源
donate blood	捐血
equip the room with internet access	房間配備網路
Science fascinates me.	科學令我著迷
His refusal frustrated me.	被他拒絕讓我很沮喪
Someone leaked the secret.	有人洩密
The knife penetrated his belly.	刀子刺穿他的肚子
penetrated the whole room	瀰漫整個房間
tag the photo	給照片加上標籤
assemble the chair	組裝椅子
The performance astonished her.	表演令她震驚
convert currency	兌換貨幣
deprived the dog of food	剝奪狗狗的食物
fulfilled my dreams	實現我的夢想

inspect	ɪn`spɛkt	檢查
prompt	prɑmpt	引起,促使
quote	kwot	引用
refresh	rɪ`frɛʃ	使…恢復活力,使…清涼
refresh	rɪ`frɛʃ	重新倒滿,補充
stimulate	`stɪmjə,let	激發,激勵
suspend	sə`spɛnd	終止
devise	dɪ`vaɪz	策劃,想出
generate	`dʒɛnə,ret	產生,引起
stack	stæk	堆放,疊起
distress	dɪ`strɛs	使…憂傷
ensure	ɪn`ʃʊr	保證,確保
implement	`ɪmpləmənt	執行
originate	ə`rɪdʒə,net	創始,發明
profile	`profaɪl	概述,簡單介紹

inspect the car	檢查車子
Her actions prompted gossip.	她的行為引起流言蜚語
quoted a famous actor	引用名演員的話
refresh myself with sound sleep	睡飽讓我恢復活力
refresh a drink	重新倒滿飲料
stimulate the conversation	激發談話
suspend his driver's license	吊銷他的駕照
devise a plan	策劃計畫
generate energy	產生能源
stack the books	堆放書籍
distressed my friends	使我朋友憂傷
ensured that I would go	我保證會去
implement the boss's suggestions	執行老闆的建議
originated the idea	發想概念
profile their backgrounds	概述他們的背景

☐☐	**recruit**	rɪ`krut	招募
☐☐	**refine**	rɪ`faɪn	使 … 精煉，使 … 改進
☐☐	**substitute**	`sʌbstə͵tjut	用 … 代替，用 … 取代
☐☐	**violate**	`vaɪə͵let	違反
☐☐	**steer**	stɪr	駕駛，操縱
☐☐	**accumulate**	ə`kjumjə͵let	累積
☐☐	**bankrupt**	`bæŋkrʌpt	使 … 破產
☐☐	**circulate**	`sɝkjə͵let	傳閱，傳遞
☐☐	**classify**	`klæsə͵faɪ	分類
☐☐	**coordinate**	ko`ɔrdn̩et	協調
☐☐	**dedicate**	`dɛdə͵ket	把…奉獻給
☐☐	**execute**	`ɛksɪ͵kjut	執行，實行
☐☐	**isolate**	`aɪsl̩͵et	隔離，孤立
☐☐	**specify**	`spɛsə͵faɪ	具體説明，詳述
☐☐	**innovate**	`ɪnə͵vet	創新，創始

recruit new employees	招募新員工
refine the mechanism	改進機制
substitute milk for water	用牛奶代替水
violate human rights	違反人權
steer the car	駕車
accumulate wealth	累積財富
bankrupted the company	讓公司破產
circulate the manual	傳閱簡介
classify the books	將書本分類
coordinate schedules	協調行程
He dedicated his life to this land.	他為這片土地奉獻生命
execute an order	執行命令
isolate the damaged area	隔離損壞的區域
specify the size and color	具體說明尺寸和顏色
innovated many new ideas	創造許多新的概念

□□	**span**	spæn	持續
□□	**abandon**	ə`bændən	拋棄, 遺棄
□□	**compose**	kəm`poz	創作, 撰寫
□□	**compose**	kəm`poz	構成, 組成
□□	**condense**	kən`dɛns	縮短, 濃縮
□□	**confine**	kən`faɪn	拘禁, 限制
□□	**dim**	dɪm	使 ... 變暗
□□	**disgust**	dɪs`gʌst	使 ... 厭惡, 使 ... 作嘔
□□	**drain**	dren	排出液體
□□	**edit**	`ɛdɪt	編輯
□□	**enlarge**	ɪn`lɑrdʒ	放大
□□	**erase**	ɪ`res	消除, 抹掉
□□	**forbid**	fɚ`bɪd	禁止
□□	**modify**	`mɑdəˌfaɪ	修改, 改變
□□	**negotiate**	nɪ`goʃɪˌet	商定, 談成

span a lifetime	持續一生
abandoned his kids	拋棄他的小孩
compose a poem	寫詩
A married couple composes a family.	夫婦組成家庭
condense your article	縮短你的文章
confine the dog to the cage	把狗關進籠裡
dim the lights	把燈光變暗
His behavior disgusts me.	他的行為讓我厭惡
drain the sink	排出水槽內的水
edit the paragraph	編輯段落
enlarge a photo	放大照片
erase the title	消除標題
forbid you to see him	禁止你去見他
modify the recipe	修改食譜
negotiate terms	談成條件

☐☐	**omit**	oˋmɪt	刪掉，遺漏
☐☐	**overflow**	ˏovɝˋflo	溢出
☐☐	**pierce**	pɪrs	刺穿
☐☐	**remedy**	ˋrɛmədɪ	治療
☐☐	**soften**	ˋsɔfn̩	軟化，使 ... 柔和
☐☐	**acknowledge**	əkˋnɑlɪdʒ	表示謝意
☐☐	**acknowledge**	əkˋnɑlɪdʒ	承認
☐☐	**ally**	əˋlaɪ	與 ... 結盟
☐☐	**attribute**	əˋtrɪbjut	把 ... 歸因於
☐☐	**blot**	blɑt	(用紙) 吸乾，擦掉
☐☐	**characterize**	ˋkærəktəˏraɪz	使 ... 具有特徵
☐☐	**characterize**	ˋkærəktəˏraɪz	描述 ... 的特點
☐☐	**fake**	fek	假裝，偽造
☐☐	**foster**	ˋfɔstə	促進，培養
☐☐	**memorize**	ˋmɛməˏraɪz	記憶

omit this sentence	刪掉這句話
water overflowed the tub	水溢出了浴缸
pierce her skin	刺穿她的皮膚
remedy a cold	治療感冒
soften her heart	軟化她的心
acknowledge his help	感謝他的幫忙
acknowledged that he was wrong	承認他錯了
ally yourself with him	你和他結盟
attribute it to bad advice	歸因於不好的建議
blot my face with a tissue	用面紙擦乾我的臉
It is characterized by its variety.	其特徵是多樣化
characterize him as a sceptic	把他描述成懷疑論者
fake a smile	假笑
foster the relationship	促進關係
memorize vocabulary words	記單字

☐☐	**motivate**	ˋmotəˏvet	激發，激勵
☐☐	**orbit**	ˋɔrbɪt	圍繞…運轉
☐☐	**rally**	ˋrælɪ	集合，召集
☐☐	**restructure**	riˋstrʌktʃə	改組，調整
☐☐	**scramble**	ˋskræmbl̩	炒
☐☐	**scrape**	skrep	擦傷，刮傷
☐☐	**scrape**	skrep	擦去，刮掉
☐☐	**soak**	sok	使…溼透
☐☐	**summarize**	ˋsʌməˏraɪz	概述
☐☐	**suppress**	səˋprɛs	抑制，忍住
☐☐	**tuck**	tʌk	把 … 塞入裡面
☐☐	**corrupt**	kəˋrʌpt	使 … 腐化，使 … 墮落
☐☐	**abolish**	əˋbɑlɪʃ	廢除
☐☐	**annoy**	əˋnɔɪ	惹惱
☐☐	**bump**	bʌmp	撞到，碰到

motivate the team	激勵團隊士氣
Planets orbit the sun.	行星繞著太陽運轉
rally the crowd	召集人群
restructure the company	公司改組
scramble eggs	炒蛋
scrape the knee	擦傷膝蓋
scrape the bowl clean	把碗擦乾淨
Rain soaked us to the skin.	雨把我們淋得溼透
summarize the movie	概述這部電影
suppress laughter	忍住不笑
tuck your shirt in	把你的襯衫塞進去
Power corrupted him.	權力使他腐化
abolished slavery	廢除奴役制度
Her talking annoyed me.	她的談話惹惱了我
bumped my leg	撞到我的腿

☐☐	**carve**	kɑrv	把 … 切成塊
☐☐	**carve**	kɑrv	雕刻
☐☐	**cease**	sis	停止 , 終止
☐☐	**charter**	ˋtʃɑrtɚ	租賃
☐☐	**confront**	kənˋfrʌnt	面對 , 對抗
☐☐	**derive**	dɪˋraɪv	(從中) 得到
☐☐	**dip**	dɪp	浸泡
☐☐	**discharge**	dɪsˋtʃɑrdʒ	解雇 , 准許…離開
☐☐	**discharge**	dɪsˋtʃɑrdʒ	排出 , 放出
☐☐	**dominate**	ˋdɑməˏnet	主宰 , 支配
☐☐	**flatter**	ˋflætɚ	奉承 , 諂媚
☐☐	**halt**	hɔlt	終止 , 停止前進
☐☐	**illustrate**	ˋɪləstret	加插畫於 …,(用圖片等) 說明
☐☐	**incline**	ɪnˋklaɪn	使 … 傾向於
☐☐	**interpret**	ɪnˋtɝprɪt	詮釋 , 解讀

carve the turkey	把火雞切塊
carve the wood into a bird	把木頭雕刻成一隻鳥
cease conversation	停止對話
charter a boat	租船
confront my boss	勇於面對我老闆
derive satisfaction	得到滿足
dip the bread in egg	把麵包浸到蛋汁裡
discharge him for bad behavior	因行為不檢而解雇他
discharge pollutants into the river	排放污染物到河裡
dominate the game	主宰比賽
flatter her with compliments	用恭維之詞諂媚她
halted the traffic	交通癱瘓
illustrate a children's book	為童書插畫
incline her to leave early	讓她想早點離開
interpret what he said	解讀他的說法

merge	mɝdʒ	合併
moderate	`mɑdə,ret	緩和 , 減輕
overtake	,ovə`tek	超過 , 趕上
plunge	plʌndʒ	使陷入 , 遭受
recess	rɪ`sɛs	暫停
shed	ʃɛd	流出
shed	ʃɛd	脫落
sustain	sə`sten	維持 (生命)
sustain	sə`sten	遭受
tolerate	`tɑlə,ret	容許 , 容忍
transform	træns`fɔrm	使 ... 改變 (型態、外觀等)
sow	so	播 (種)
bounce	baʊns	(支票) 拒付 , 退回
bounce	baʊns	使 ... 彈起
boycott	`bɔɪ,kɑt	聯合抵制 , 杯葛

merge the banks	銀行合併
moderate his anger	緩和他的怒氣
overtake our opponent	超過我們的競爭對手
plunge him into poverty	使他陷入窮困
recess the meeting	開會暫停
shed tears over her failure	她因失敗而流淚
Snakes shed their skin.	蛇會脫皮
sustains himself on rice	他用米飯維持性命
sustain a wound	受傷
won't tolerate lateness	不容許遲到
transform the company	公司轉型
sow seeds	播種
bounce a check	支票拒付
bounce the ball	球彈起來
boycott that store	聯合抵制那間店

☐☐	**brew**	bru	烹煮，釀製
☐☐	**bribe**	braɪb	向 ... 行賄，賄賂
☐☐	**convict**	kənˋvɪkt	判決 ... 有罪
☐☐	**disclose**	dɪsˋkloz	揭露
☐☐	**glimpse**	glɪmps	瞥見，看一眼
☐☐	**plug**	plʌg	塞住，堵塞
☐☐	**transmit**	trænsˋmɪt	傳達
☐☐	**unfold**	ʌnˋfold	攤開，展開
☐☐	**accustom**	əˋkʌstəm	使 ... 習慣於
☐☐	**attain**	əˋten	獲得，達到
☐☐	**civilize**	ˋsɪvəˌlaɪz	使…文雅，教化
☐☐	**click**	klɪk	點擊，喀嚓一按
☐☐	**conceal**	kənˋsil	隱瞞
☐☐	**condemn**	kənˋdɛm	譴責
☐☐	**constitute**	ˋkɑnstəˌtjut	構成，組成

brew some coffee	煮點咖啡
bribed the police officer	向警官行賄
convict him of murder	判他謀殺
disclose a secret	揭露秘密
glimpse the new products	看一眼新產品
plug the leak	塞住裂縫
transmit the message	傳達訊息
unfold the sweater	攤開毛衣
accustom myself to the policy	使我自己習慣政策
attain a degree	取得學位
civilize that girl	教化那女孩
click the mouse	按滑鼠
conceal the truth	隱瞞事實
condemn her rude behavior	譴責她粗魯的行為
constitute a crime	構成犯罪

disguise	dɪsˋgaɪz	假扮，偽裝
exaggerate	ɪgˋzædʒəˌret	誇大
fetch	fɛtʃ	（去）拿來
hug	hʌg	擁抱
infect	ɪnˋfɛkt	傳染，使…感染
input	ˋɪnˌpʊt	輸入
insure	ɪnˋʃʊr	為…投保，給…保險
mourn	morn	哀悼
paste	pest	貼上，黏貼
precede	priˋsid	在…之前發生
prejudice	ˋprɛdʒədɪs	使…懷有偏見
proclaim	prəˋklem	宣告，宣佈
allot	əˋlɑt	分配
scar	skɑr	使…留下疤痕
scrap	skræp	放棄，取消

disguise herself as someone else	她喬裝成他人
exaggerate the truth	誇大事實
fetch my lunch	拿我的午餐
hug my daughter	抱住我女兒
infected him with flu	將流感傳染給他
input the data	輸入資料
she is insured against accidents	她投保意外險
mourn the loss of grandmother	哀悼祖母的往生
paste this paragraph into the document	把這段貼到文件中
precede her as a singer	早她一步成為歌手
I don't want to prejudice you.	我不想使你懷有偏見
proclaim war on that country	對該國宣戰
allot the food for the week	分配一週的食物
scarred my arm	我的手臂留下疤痕
scrapped the plan	放棄這個計畫

summon	`sʌmən	傳喚,召喚
uncover	ʌn`kʌvə	發現,揭露
undertake	ˌʌndə`tek	接受,同意
revive	rɪ`vaɪv	使...恢復活力
hail	hel	招手,招喊
plead	plid	(在法庭)申辯或認罪
plead	plid	為...辯護,聲援
deliberate	dɪ`lɪbəˌret	商議,仔細考慮
exploit	`ɛksplɔɪt	剝削
exploit	`ɛksplɔɪt	開採,開發
inhabit	ɪn`hæbɪt	居住,棲息
initiate	ɪ`nɪʃɪˌet	開始
mislead	mɪs`lid	誤導,使...誤信
monopolize	mə`nɑplˌaɪz	獨佔,壟斷
obscure	əb`skjʊr	使...模糊

summon him to her office	叫他到她的辦公室
uncover the secret	發現祕密
undertake a challenge	接受挑戰
Coffee revived her.	咖啡讓她恢復活力
hail a cab	招計程車
plead guilty	認罪
plead her case	為她的案件辯護
deliberate a trial	商議審判結果
exploit workers	剝削工人
exploit diamonds	開採鑽石
inhabit the new building	居住在新大樓
initiate discussion	開始討論
mislead them into believing	誤導他們去相信
monopolize the conversation	一個人滔滔不絕
obscure the truth	模糊真相

probe	prob	刺探，調查
rip	rɪp	撕破，劃破
shatter	`ʃætə	砸碎
tackle	`tæk!	處理
extract	ɪk`strækt	摘錄，提煉
widen	`waɪdn̩	使⋯變寬，使⋯擴展
surcharge	`sɜˌtʃardʒ	收取額外費用
supervise	`supəˌvaɪz	指導，管理
update	ʌp`det	更新
conserve	kən`sɜv	節約，保存
cater	`ketə	為 ... 提供飲食，為 ... 承辦酒席
compensate	`kampənˌset	補償
discard	dɪs`kard	丟棄
excel	ɪk`sɛl	優於，勝過
flip	flɪp	快速翻轉

probe the witnesses	調查目擊者
ripped her clothes	撕破她的衣服
shattered a window	砸碎窗戶
tackle the problem	處理問題
extract his meaning	摘錄他的意思
widen your perspective	拓展你的觀點
surcharge $50 for tax	額外收取稅金50元
supervise students	指導學生
update the webpage	更新網頁
conserve energy	節約能源
cater the event	承辦活動
compensate her for extra hours worked	補償她加班費
discard the extra	丟棄額外的東西
excels the other students in math	數學勝過其他學生
flip the channel	轉台

☐☐	**formulate**	`fɔrmjə,let	規劃，構想
☐☐	**formulate**	`fɔrmjə,let	闡述
☐☐	**petition**	pə`tɪʃən	向 … 請願
☐☐	**reorganize**	ri`ɔrgə,naɪz	整頓，重組
☐☐	**accelerate**	æk`sɛlə,ret	使 … 加速
☐☐	**advocate**	`ædvə,ket	主張
☐☐	**disrupt**	dɪs`rʌpt	使 … 中斷，擾亂
☐☐	**facilitate**	fə`sɪlə,tet	促進，使…容易
☐☐	**hospitalize**	`hɑspɪtl,aɪz	使 … 住院治療
☐☐	**evacuate**	ɪ`vækjʊ,et	疏散
☐☐	**slack**	slæk	使 … 鬆弛，使 … 放鬆
☐☐	**broil**	brɔɪl	烤（肉、魚等）
☐☐	**elevate**	`ɛlə,vet	抬高，提升，使…升高
☐☐	**emit**	ɪ`mɪt	散發，發出
☐☐	**induce**	ɪn`djus	誘導

formulate a strategy	規劃策略
formulate an opinion	闡述意見
petition the Mayor	向市長請願
reorganize my desk	整頓我的書桌
accelerate the speed	加快速度
advocate for change	主張改變
disrupt internet service	中斷網路服務
facilitate the discussion	促進討論
hospitalize his father	使其父親住院治療
evacuate the survivors	疏散生還者
slack the tension	鬆弛緊張感
broil the fish	烤魚
elevate your legs	抬高你的腿
Some chemicals emit fumes.	化學物品散發濃煙
induce vomiting	催吐

lengthen	`lɛŋθən	加長
outfit	`aʊtˌfɪt	提供裝備
surpass	sə`pæs	優於,勝過
wholesale	`holˌsel	批發,量販
assault	ə`sɔlt	襲擊
compile	kəm`paɪl	編寫,彙編
integrate	`ɪntəˌgret	合併,整合
litter	`lɪtɚ	亂丟
scrub	skrʌb	刷洗
transplant	træns`plænt	移植
inventory	`ɪnvənˌtorɪ	清點存貨
discriminate	dɪ`skrɪməˌnet	辨別,區分
amend	ə`mɛnd	修訂,修正
auction	`ɔkʃən	拍賣
confide	kən`faɪd	吐露

lengthen the pants	把褲子加長
outfit my son for camping	給我兒子露營裝備
surpass his peers	優於他的同儕
The store wholesales vegetables.	這家店批發蔬菜
assault an old woman	襲擊老婦人
compile a database	彙編資料庫
integrate your advice	整合你的建議
Don't litter the beach with bottles.	別在海灘上亂丟瓶子
scrub the tub	刷洗浴缸
transplant a kidney	腎臟移植
inventory the stock room	清點倉庫
discriminate the truth	辨別事實
amend a policy	修訂政策
auction the antiques	拍賣古董
confide a secret	吐露秘密

☐☐	**conform**	kənˋfɔrm	遵守
☐☐	**displace**	dɪsˋples	迫使 ... 離開
☐☐	**dissatisfy**	dɪsˋsætɪsˌfaɪ	使 ... 不滿意
☐☐	**distract**	dɪˋstrækt	分心
☐☐	**embark**	ɪmˋbɑrk	登上
☐☐	**enrich**	ɪnˋrɪtʃ	使 ... 豐富
☐☐	**exert**	ɪgˋzɜt	盡力 , 努力
☐☐	**menace**	ˋmɛnɪs	恐嚇
☐☐	**portray**	porˋtre	描寫
☐☐	**safeguard**	ˋsefˌgɑrd	保護 , 防衛
☐☐	**soothe**	suð	舒緩 , 撫慰
☐☐	**testify**	ˋtɛstəˌfaɪ	證實
☐☐	**allocate**	ˋæləˌket	分配
☐☐	**compute**	kəmˋpjut	計算 , 估算
☐☐	**expel**	ɪkˋspɛl	開除 , 驅逐

conform the law	守法
The flood displaced many people.	洪水迫使很多人離開
His answer dissatisfied her.	他的答案讓她不滿意
distract him from his work	使他工作分心
embark the aircraft	登機
enriched their life	使他們的生活豐富
exert himself	他盡力而為
The bully menaced other students.	惡霸恐嚇其他學生
portray her as a beauty	把她描寫成美女
safeguard valuables against theft	保護貴重物品不被偷竊
soothe the stomachache	舒緩胃痛
testify that she was a witness	證實她是目擊者
allocated funds	分配基金
compute the cost	計算費用
expel a student from school	把學生退學

	liberate	`lɪbəˌret	解放
	tow	to	拖吊
	deteriorate	dɪ`tɪrɪəˌret	使 … 惡化
	erupt	ɪ`rʌpt	爆發, 噴發
	irrigate	`ɪrəˌget	灌溉
	pinpoint	`pɪnˌpɔɪnt	明確指出, 準確說明
	sanction	`sæŋkʃən	認可, 批准
	terminate	`tɜməˌnet	終止, 結束
	disperse	dɪ`spɜs	驅散
	saturate	`sætʃəˌret	使 … 飽和, 使 … 浸透
	simulate	`sɪmjəˌlet	模擬
	downsize	`daʊn`saɪz	縮小規模, (公司) 裁員
	relocate	ri`loket	重新安置
	renovate	`rɛnəˌvet	翻修, 修復
	supplement	`sʌpləmənt	補充

liberate people from tyranny	解放暴政下的人民
towed my car	拖吊我的車
deteriorate their relations	使他們關係惡化
The volcano erupted lava.	火山噴發岩漿
irrigate the fields	灌溉田地
pinpoint the problem	明確指出問題
sanction the use of cell phones	認可手機的使用
terminate the contract	終止合約
Police dispersed the crowd.	警方驅散人群
saturate the market for this product	使該產品的市場飽和
simulate an emergency	模擬緊急狀況
downsize the company	公司裁員
relocate employees	重新安置員工
renovate the house	翻修房屋
supplement your diet with vitamins	用維他命補充膳食營養

compel	kəm`pɛl	強迫
comprehend	ˌkɑmprɪ`hɛnd	理解
rust	rʌst	使 … 生鏽
bruise	bruz	傷害 , 打擊 , 擦傷
dictate	`dɪktet	規定
dictate	`dɪktet	口述
escort	`ɛskɔrt	護送
incorporate	ɪn`kɔrpəˌret	組成 (公司等)
incorporate	ɪn`kɔrpəˌret	將…納入其中
nominate	`nɑməˌnet	提名
scoop	skup	舀
subtract	səb`trækt	減掉
recollect	ˌrɛkə`lɛkt	回想 , 記起
minimize	`mɪnəˌmaɪz	使…最小化
stabilize	`steblˌaɪz	使 … 穩定

compelled her to work overtime	強迫她加班
comprehend his speech	理解他的演講
rusts the fence	柵欄生鏽
bruised his ego	傷害他的自我
dictate the rules of engagement	規定僱用條例
dictate a letter	口述一封信
escort his girlfriend home	護送他女友回家
incorporated the company last year	去年組成這間公司
incorporate his idea into the project	將他的想法納入計畫中
nominate the candidates	提名候選人
scoop ice cream	舀冰淇淋
subtract the numbers	減掉數字
recollect the events	回想起事件
minimize the danger	使危險降到最低
stabilize the economy	穩定經濟

trademark	ˋtredˏmɑrk	註冊 ...(作為商標)
trigger	ˋtrɪgɚ	引起 , 觸發
bewilder	bɪˋwɪldɚ	迷惑
disregard	ˏdɪsrɪˋgɑrd	無視 , 不理會
extinguish	ɪkˋstɪŋgwɪʃ	熄滅
aggravate	ˋægrəˏvet	使 ... 嚴重
aggravate	ˋægrəˏvet	惹惱 , 激怒
detain	dɪˋten	拘留
duplicate	ˋdjupləˏket	複製
exempt	ɪgˋzɛmpt	免除
incur	ɪnˋkɜ	遭受
manipulate	məˋnɪpjəˏlet	操作
acclaim	əˋklem	讚揚
diagnose	ˋdaɪəgnoz	診斷
embargo	ɪmˋbɑrgo	禁止 (運送、貿易)

trademark **their logo**	註冊他們的商標
triggered **a reaction**	引起反應
bewildered **the audience**	迷惑觀眾
disregard **the previous email**	無視之前的電子郵件
extinguish **the fire**	滅火
aggravate **an allergy**	加重過敏情況
Don't **aggravate your mother.**	別惹惱你媽媽
Police detained **him for questioning.**	警察扣留他訊問
duplicate **the file**	複製檔案
exempt **him from the test**	他不必考試
incur **a penalty**	遭受刑罰
manipulate **the instruments**	操作器械
acclaimed **the book**	讚揚這本書
diagnose **an illness**	診斷疾病
embargo **trade**	禁止貿易

overhaul	ˌovɚ`hɔl	徹底檢修
reimburse	ˌriɪm`bɝs	賠償，償還
unload	ʌn`lod	從 … 卸下 (貨物)
adjourn	ə`dʒɝn	延期
detour	`ditʊr	使 … 繞道
boost	bust	使 … 增長，使 … 提高
diminish	də`mɪnɪʃ	縮減
diversify	daɪ`vɝsəˌfaɪ	使 … 多樣化
render	`rɛndɚ	作出
render	`rɛndɚ	提供
render	`rɛndɚ	歸還
dread	drɛd	懼怕
provoke	prə`vok	激起，激怒
adore	ə`dor	很喜歡，熱愛
concede	kən`sid	承認

overhaul **the car's engine**	檢修汽車引擎
reimburse **costs**	賠償費用
unload **the trunk**	從後車廂卸貨
adjourn **the meeting until Monday**	會議延至星期一
detour **cars around construction**	汽車繞過施工處
boost **my confidence**	增長我的信心
diminished **her enthusiasm**	縮減她的熱情
diversify **investments**	多元化投資
render **judgment**	作出判決
render **a service**	提供服務
rendered **her money back**	把錢還她
dread **flying**	懼怕搭飛機
provoke **a reaction**	激起反應
adore **my children**	很喜歡我的小孩
concede **defeat**	承認失敗

☐☐	**concede**	kən`sid	讓與，讓步
☐☐	**contradict**	ˌkɑntrə`dɪkt	與…相反，相抵觸
☐☐	**divert**	daɪ`vɝt	使…改道
☐☐	**embrace**	ɪm`bres	擁抱
☐☐	**embrace**	ɪm`bres	包含，涵蓋
☐☐	**enhance**	ɪn`hæns	提高，增強
☐☐	**lease**	lis	租用，租借
☐☐	**overturn**	ˌovə`tɝn	推翻
☐☐	**raid**	red	搜查
☐☐	**reconcile**	`rɛkənsaɪl	使…和好
☐☐	**reconcile**	`rɛkənsaɪl	使…一致
☐☐	**reinforce**	ˌriɪn`fɔrs	強化
☐☐	**shrug**	ʃrʌg	聳（肩）
☐☐	**withstand**	wɪð`stænd	禁得起，承受
☐☐	**bias**	`baɪəs	產生偏見

concede the right to them	把權利讓給他們
contradicts what I was told	跟我知道的相反
divert the canal	運河改道
embrace each other	相互擁抱
embrace another culture	涵蓋另一種文化
enhance the efficiency	提高效率
lease an apartment	租公寓
overturn the decision	推翻決定
raid the cupboards	搜查櫥櫃
they are soon reconciled	他們很快就和好
reconcile their opinions	使他們意見一致
reinforce the wall	強化牆壁
shrugged his shoulders	他聳了聳肩
withstand a lot of pressure	禁得起很大的壓力
bias him against the new teacher	使他對新老師產生偏見

reproach	rɪˋprotʃ	斥責
wither	ˋwɪðɚ	枯萎
audit	ˋɔdɪt	查帳
endorse	ɪnˋdɔrs	贊同，支持
humiliate	hjuˋmɪlɪˏet	使 ... 蒙羞，使 ... 丟臉
lure	lʊr	引誘，勸誘
scan	skæn	審視
slash	slæʃ	減低
tilt	tɪlt	傾斜
unify	ˋjunəˏfaɪ	聯合
withhold	wɪðˋhold	隱瞞，拒絕給
assimilate	əˋsɪmlˏet	徹底理解，吸收
barter	ˋbɑrtɚ	以 ... 作為交換
browse	braʊz	瀏覽
denounce	dɪˋnaʊns	譴責

reproach the waiter	斥責服務生
Sun withered the vegetables.	太陽讓蔬菜枯萎
audit their taxes	查他們的稅
endorse him for President	贊同他當總統
His manners humiliated his wife.	他的舉止使他老婆蒙羞
lure the dog with food	用食物引誘狗
scan the crowd	審視人群
slash prices	減價
tilt the seat	使座位傾斜
unify European countries	聯合歐洲國家
withhold information	隱瞞情報
assimilate the material	徹底理解資料
barter work for food	用工作換食物
browse magazines	瀏覽雜誌
denounce his actions	譴責他的行為

deter	dɪˋtɝ	制止,使…不敢
stun	stʌn	使吃驚
void	vɔɪd	作廢
censor	ˋsɛnsɚ	審核
embody	ɪmˋbɑdɪ	體現
evaporate	ɪˋvæpəˌret	使 … 蒸發
maximize	ˋmæksəˌmaɪz	使 … 最大化
affiliate	əˋfɪlɪˌet	緊密結合
articulate	ɑrˋtɪkjəˌlet	清晰表達
autograph	ˋɔtəˌgræf	親筆簽名
categorize	ˋkætəgəˌraɪz	分類
hamper	ˋhæmpɚ	阻礙
ratify	ˋrætəˌfaɪ	批准
refute	rɪˋfjut	反駁
stipulate	ˋstɪpjəˌlet	規定

deter people from purchasing	使人們不敢購買
The news stunned his parents.	這消息使他父母大驚
void the check	作廢支票
censor music	審查音樂
embody his principles	體現他的原則
evaporate water	讓水蒸發掉
maximize profits	使利潤達到最大值
affiliate the programs with a school	課程和學校緊密結合
articulate her arguments	清楚表達她的論點
autograph the photo	在照片上簽名
categorize files into folders	把檔案分類到文件夾中
hampered progress	阻礙進步
ratify the agreement	批准協議
refute the evidence	反駁證詞
stipulate terms of employment	規定員工守則

tangle	`tæŋgḷ	糾結
consign	kən`saɪn	託運
alleviate	ə`livɪˌet	減輕
download	`daʊnˌlod	下載
liquidate	`lɪkwɪˌdet	清算
smuggle	`smʌgḷ	走私

tangled the wires	電話線糾結
consign the package for transport	託運這個包裹
alleviates pain	減輕疼痛
download files	下載檔案
liquidate assets	清算資產
smuggle drugs	走私毒品

	creep	krip	躡手躡腳
	decay	dɪ`ke	腐朽
	drift	drɪft	漂流
	grieve	griv	悲傷
	legislate	`lɛdʒɪs͵let	立法
	wander	`wɑndə	閒晃，遊蕩，徘徊
	shelter	`ʃɛltə	躲避，避難
	thirst	θɝst	渴望
	expire	ɪk`spaɪr	到期，終止
	retail	`ritel	售價
	subscribe	səb`skraɪb	訂購，定期捐款
	enroll	ɪn`rol	登記，註冊，加入
	boom	bum	興盛，發展迅速
	leak	lik	漏，洩漏
	penetrate	`pɛnə͵tret	擴散，滲透

creep down the stairs	躡手躡腳下樓
wood decays in the humidity	木頭因潮濕而腐朽
drift downstream	順流而下
grieve over the loss of her husband	為她丈夫過世悲傷
legislate against piracy	立法禁止盜版行為
wander around the neighborhood	在附近閒晃
shelter from the rain	躲雨
thirst for knowledge	渴求知識
milk expired yesterday	牛奶昨天到期
It retails for $50.	售價50元
subscribe to a magazine	訂購雜誌
enroll in classes	註冊上課
business is booming	生意興隆
The faucet leaks.	水龍頭漏水
penetrate into the classroom	滲透進教室

☐☐	**assemble**	ə`sɛmbl̩	集合
☐☐	**react**	rɪ`ækt	反應
☐☐	**cooperate**	ko`ɑpə͵ret	合作
☐☐	**persist**	pə`sɪst	堅持
☐☐	**originate**	ə`rɪdʒə͵net	起源於，來自於
☐☐	**circulate**	`sɝkjə͵let	流傳，傳閱，循環
☐☐	**revolve**	rɪ`vɑlv	繞 ... 轉，以 ... 為中心
☐☐	**drain**	dren	排出
☐☐	**gaze**	gez	凝視
☐☐	**negotiate**	nɪ`goʃɪ͵et	洽談，協商
☐☐	**overflow**	͵ovə`flo	洋溢，充滿
☐☐	**soften**	͵sɔfn̩	變柔和
☐☐	**ally**	ə`laɪ	聯合
☐☐	**correspond**	͵kɔrɪ`spɑnd	相符
☐☐	**correspond**	͵kɔrɪ`spɑnd	通信

assemble in the hotel lobby	在旅館大廳集合
react to the news	對消息作出反應
cooperate with authorities	和當局合作
persist in the face of defeat	堅持面對失敗
originated in Asia	起源於亞洲
a flyer circulated in the company	傳單在公司中傳閱
my life revolves around him	我的生活以他為中心
The sink is draining slowly.	水槽慢慢排水
gaze in his direction	往他的方向凝視
negotiate for lower prices	為取得低價進行協商
overflow with ideas	充滿著想法
Her face softened.	她的臉變得柔和
ally against the king	聯合對付國王
addresses correspond to names	姓名住址相符
correspond with him via email	和他用電子郵件通信

	disagree	ˌdɪsəˋgri	不同意
	scramble	ˋskræmb!	爭奪,爭搶
	scramble	ˋskræmb!	攀爬
	corrupt	kəˋrʌpt	腐化,墮落
	bump	bʌmp	碰,撞
	bump	bʌmp	碰見,巧遇
	cease	sis	停止,結束
	consent	kənˋsɛnt	同意,贊成
	flourish	ˋflɝɪʃ	繁茂,繁榮
	halt	hɔlt	停止,停下
	merge	mɝdʒ	合併
	plunge	plʌndʒ	落下,跳下
	plunge	plʌndʒ	暴跌,急速下降
	prevail	prɪˋvel	普遍存在,盛行
	prevail	prɪˋvel	戰勝

disagree with his advice	不認同他的建議
scramble for the bargains	爭奪便宜商品
scramble ashore	爬上岸
absolute power corrupts absolutely	絕對的權力使人絕對腐化
bumped against the wall	撞牆
bump into him on the street	在街上碰見他
The earthquake ceased.	地震停止了
consent to the agreement	同意這項協議
Flowers flourish in this period.	這段期間繁花盛開
halt at the stop sign	在停止標誌前停下
The companies merged last year.	這些公司去年合併
plunge into the cold water	落入冷水裡
stock market plunged	股票市場暴跌
prevail among the elderly	在老年人中普遍存在
Good prevails over evil.	善良戰勝邪惡

prosper	`prɑspɚ	繁榮，昌盛
recess	rɪ`sɛs	休息，休會
soar	sor	高飛，翱翔
soar	sor	暴漲，急升
bounce	bauns	彈跳，彈起
blaze	blez	熊熊燃燒
clash	klæʃ	衝突，抵觸
clash	klæʃ	不協調，不相配
glimpse	glɪmps	瞥見，看一眼
chat	tʃæt	聊天
click	klɪk	喀嚓一按
evolve	ɪ`vɑlv	進化
evolve	ɪ`vɑlv	逐步發展，逐步形成
exclaim	ɪks`klem	驚叫，呼喊
mourn	morn	哀痛，哀悼

The economy prospered.	經濟繁榮
We will recess until lunchtime.	我們休息到午餐時間
soar across the sky	在空中翱翔
stock prices soared	股價暴漲
bounce on the floor	在地板上彈跳
fire blazes	烈火熊熊
his values clash with mine	他的價值觀和我的衝突
Those colors clash.	那些顏色不協調
glimpse at my boyfriend	看我男友一眼
want to chat	想聊天
click on the button	按一下按鈕
Humans evolved from apes.	人類由猩猩進化而成
The idea is still evolving.	這個概念還在發展中
"Yes!" he exclaimed.	他驚叫：「是的！」
mourn for the victims	為罹難者哀悼

	revive	rɪˋvaɪv	復甦,恢復精力
	plead	plid	懇求
	deliberate	dɪˋlɪbə͵ret	商議,仔細考慮
	endeavor	ɪnˋdɛvə	努力
	probe	prob	刺探
	shiver	ˋʃɪvə	顫抖
	sway	swe	搖曳
	sympathize	ˋsɪmpə͵θaɪz	同情
	despair	dɪˋspɛr	絕望,失去信心
	collide	kəˋlaɪd	相撞,碰撞
	collide	kəˋlaɪd	衝突,牴觸
	commute	kəˋmjut	通勤
	immigrate	ˋɪmə͵gret	移民,(從外地)移入
	interact	͵ɪntəˋrækt	互動,交流,相互作用
	surge	sɝdʒ	洶湧,飆漲,激增

revive with coffee	喝咖啡恢復體力
plead with her to quit	懇求她辭職
jury deliberates until noon	陪審團商議到中午
endeavor to achieve her dream	努力達成她的夢想
probe into his private life	刺探他的私生活
She started shivering.	她開始顫抖
sway in the breeze	在風中搖曳
sympathize with him	同情他
despair over his loss	對其損失感到絕望
collide with another car	和別台車相撞
their interests collide	他們的利益相衝突
commute to work	通勤上班
immigrate to this country	移民到這個國家
interact well with others	和他人互動良好
commodity prices surged	物價飆漲

cater	`ketɚ	滿足需要，迎合
excel	ɪk`sɛl	出眾，擅長
flip	flɪp	氣瘋，發飆
flip	flɪp	翻轉，翻閱
petition	pə`tɪʃən	請求，請願
quake	kwek	震動
comply	kəm`plaɪ	遵從，遵守
subside	səb`saɪd	平息，趨於和緩
subside	səb`saɪd	下沉，下陷
malfunction	mæl`fʌŋʃən	故障
discriminate	dɪ`skrɪmə͵net	區別，辨別
discriminate	dɪ`skrɪmə͵net	有差別地對待
confide	kən`faɪd	向…透露秘密
confide	kən`faɪd	對…有信心，信任
conform	kən`fɔrm	遵守，遵從

cater to his needs	滿足他的需要
excel in school	在學校表現出眾
He flipped when he heard.	他聽到時氣瘋了
flip through the novel	翻閱小說
petition for an exception	請求允許破例
ground quakes	地面在震動
comply with guidelines	遵從指導方針
the heavy rain subsided	大雨漸漸平息
the house began to subside	房子開始下陷
machine malfunctioned	機器故障
discriminate between similar species	辨別相似的物種
discriminate in favor of the rich	給有錢人特殊待遇
confide in a friend	向朋友吐露秘密
confide in her ability	對她的能力有信心
conform to rules and regulations	遵守規則制度

embark	ɪmˋbɑrk	開始,從事
embark	ɪmˋbɑrk	上船(或飛機)
testify	ˋtɛstəˏfaɪ	作證
recede	rɪˋsid	後退,遠去
slump	slʌmp	倒下
slump	slʌmp	暴跌,銳減
deteriorate	dɪˋtɪrɪəˏret	惡化
erupt	ɪˋrʌpt	爆發
erupt	ɪˋrʌpt	突然發出,突然發生
rust	rʌst	生鏽
speculate	ˋspɛkjəˏlet	推測,猜測
aspire	əˋspaɪr	嚮往,渴望
loom	lum	赫然出現,逼近
adjourn	əˋdʒɝn	休會,休庭
diminish	dəˋmɪnɪʃ	縮小,減少

embarked **on a new career**	展開新事業
embark **on the ship**	登上這艘船
testify **in court**	在法庭上作證
flood water receded	洪水退去
He slumped **in his chair.**	他跌到椅子裡
sales slumped **last quarter**	上一季銷售銳減
His condition deteriorated.	他的健康狀況惡化
the volcano erupts	火山爆發
crowd erupted **in laughter**	人群發出歡笑聲
metal rusts	金屬生鏽
speculated **about his motives**	推測他的動機
aspire **to be a doctor**	嚮往成為醫生
the crisis looms **ahead**	危機逼近眼前
adjourn **for the afternoon**	下午休會
diminish **in size**	尺寸縮小

glare	glɛr	怒目而視
vibrate	`vaɪbret	震動
wither	`wɪðɚ	枯萎
yearn	jɝn	渴望
collaborate	kə`læbə,ret	合作
evaporate	ɪ`væpə,ret	蒸發
evaporate	ɪ`væpə,ret	消失,消散
default	dɪ`fɔlt	不履行義務
skyrocket	`skaɪ,rɑkɪt	飆漲

glare at me	怒視著我
Your cell phone is vibrating.	你的手機在震動
plant withered	植物枯萎
yearn for a day off	渴望放一天假
collaborate with a colleague	和同事合作
evaporate into the air	蒸發到空氣中
my fears evaporated	我的恐懼已消失
default on a loan	拖欠貸款
prices skyrocketed	價格飆漲

☐☐	**affection**	əˋfɛkʃən	情感，喜愛
☐☐	**alien**	ˋeliən	外國人，外僑
☐☐	**alien**	ˋeliən	外星人
☐☐	**anxiety**	æŋˋzaiəti	憂慮
☐☐	**appetite**	ˋæpəˌtait	食慾，胃口
☐☐	**banking**	ˋbæŋkiŋ	銀行業務
☐☐	**boundary**	ˋbaundri	界限，範圍
☐☐	**boundary**	ˋbaundri	邊界，分界線
☐☐	**confession**	kənˋfɛʃən	供認，表白
☐☐	**congress**	ˋkɑŋgrəs	國會，代表大會
☐☐	**decay**	diˋke	腐爛，腐朽
☐☐	**decay**	diˋke	衰落，衰退
☐☐	**deceit**	diˋsit	欺騙，詭計
☐☐	**deed**	did	契約，證書
☐☐	**deed**	did	行為

deep affection	深厚情感
an illegal alien	非法外僑
UFOs and Aliens	幽浮和外星人
anxiety about flying	憂慮搭飛機
ruined my appetite	壞了我的胃口
internet banking	網路銀行
maintain boundaries	保持界限
boundary between China and Russia	中俄邊界
make a confession	招供
members of Congress	國會議員
tooth decay	蛀牙
urban decay	城市衰落
not good at deceit	不擅欺騙
the deed to the house	房屋契約
brave deeds	勇敢的行為

☐☐	**digest**	`daɪdʒɛst	文摘, 摘要
☐☐	**distinction**	dɪˋstɪŋkʃən	差別, 區別
☐☐	**distinction**	dɪˋstɪŋkʃən	優秀, 傑出
☐☐	**drift**	drɪft	要點, 大意
☐☐	**drift**	drɪft	漂移, 流動
☐☐	**edition**	ɪˋdɪʃən	版本, 版次
☐☐	**frontier**	frʌnˋtɪr	邊境, 邊界
☐☐	**frontier**	frʌnˋtɪr	新領域
☐☐	**fundamental**	ˌfʌndəˋmɛntl̩	基礎, 基本知識
☐☐	**grief**	grif	悲傷, 悲痛
☐☐	**interval**	ˋɪntəvl̩	間隔, 距離
☐☐	**legislation**	ˌlɛdʒɪsˋleʃən	法律, 立法
☐☐	**logic**	ˋlɑdʒɪk	邏輯, 思維方式
☐☐	**minority**	maɪˋnɔrətɪ	少數派
☐☐	**priority**	praɪˋɔrətɪ	優先 (權), 優先事項

Reader's Digest	讀者文摘
without distinction	沒有差別
women of distinction	傑出女性
catch the drift	抓住要點
continental drift	大陸漂移
limited edition	限定版
across the frontier	跨越邊境
frontier of art	藝術新領域
learn the fundamentals	學習基本知識
share my grief	分擔我的悲傷
interval of a year	一年的間隔
pass new legislation	通過新法
follow your logic	理解你的邏輯
ethnic minorities	少數民族
first priority	第一優先

	recognition	ˌrɛkəgˈnɪʃən	認可，承認
	recognition	ˌrɛkəgˈnɪʃən	認出，認識
	resistance	rɪˈzɪstəns	抵抗力
	sorrow	ˈsɑro	憂傷，悲傷
	scent	sɛnt	香味
	scent	sɛnt	遺留的氣味，蹤跡
	summit	ˈsʌmɪt	山頂，最高點
	summit	ˈsʌmɪt	高峰會
	spill	spɪl	溢出，洩漏
	sting	stɪŋ	刺傷，螫傷
	sting	stɪŋ	刺痛，痛楚
	ancestor	ˈænsɛstə	祖先
	ignorance	ˈɪgnərəns	無知
	shelter	ˈʃɛltə	遮蔽物，躲避處
	betrayal	bɪˈtreəl	背叛

worldwild recognition	舉世公認
beyond recognition	認不出來
increase the resistance	增加抵抗力
your sorrow shows in your eyes	你眼裡流露出憂傷
smell the scent of dinner	聞到晚餐的香味
pick up the scent of a raccoon	嗅出浣熊的氣味
reach the summit	抵達山頂
summit meeting	高峰會議
oil spill	(船在海上)漏油
bee sting	被蜜蜂螫傷
feel the sting of defeat	感到挫敗的痛楚
pictures of ancestors	祖先遺照
show his ignorance	表現出他的無知
bus shelter	公車候車亭
betrayal of trust	背叛信任

latter	`lætɚ	後者
surrounding	sə`raʊndɪŋ	環境，周圍的事物
thirst	θɝst	口渴
thirst	θɝst	渴望
thrust	θrʌst	主旨，要點
universe	`junə͵vɝs	世界，宇宙
seminar	`sɛmə͵nɑr	研討會，研討班
refund	rɪ`fʌnd	退款
gourmet	`gʊrme	美食家
vegetarian	͵vɛdʒə`tɛrɪən	素食者
explosive	ɪk`splosɪv	炸藥，爆烈物
overtime	`ovɚ͵taɪm	加班，加班費，延長賽
participant	par`tɪsəpənt	參與者
qualification	͵kwɑləfə`keʃən	資格
terminal	`tɝmənl	終點站，終端

I'll choose the latter.	我選後者
pleasant surroundings	愉快的環境
quench my thirst	讓我止渴
satisfy her thirst	滿足她的渴望
the thrust of the proposal	提案的要點
parallel universe	平行宇宙
attend a seminar	參加研討會
receive a refund	收到退款
He's a real gourmet.	他是真正的美食家
become a vegetarian	成為素食者
plastic explosives	塑膠炸藥
get paid for overtime	拿到加班費
conference participants	會議座談者
job qualifications	工作資格
airport terminal	航廈

☐☐	**expiration**	ˏɛkspəˋreʃən	到期，屆期
☐☐	**freelancer**	ˋfriˏlænsə	自由作家（或其他職業）
☐☐	**earnings**	ˋɜnɪŋz	收入，收益
☐☐	**facsimile**	fækˋsɪməlɪ	(=fax) 傳真，摹寫本
☐☐	**postage**	ˋpostɪdʒ	郵資
☐☐	**precaution**	prɪˋkɔʃən	預防措施
☐☐	**retail**	ˋritel	零售
☐☐	**tablet**	ˋtæblɪt	藥片
☐☐	**infant**	ˋɪnfənt	嬰兒
☐☐	**bid**	bɪd	拍賣
☐☐	**nourishment**	ˋnɜɪʃmənt	營養
☐☐	**upgrade**	ˋʌpˏgred	更新
☐☐	**upgrade**	ˋʌpˏgred	升等
☐☐	**recipient**	rɪˋsɪpɪənt	接受者
☐☐	**mall**	mɔl	購物中心

date of expiration	到期日
work as a freelancer	當自由作家
net earnings	淨收益
facsimile machine	傳真機
prepaid postage	預付郵資
take precautions against earthquakes	採取防震措施
sell shoes by retail	零售鞋子
pain reliever tablets	止痛藥片
caring for an infant	照顧嬰兒
place a bid	競標
get enough nourishment	得到充分的營養
computer upgrade	電腦更新
free upgrade to first class	免費升等到頭等艙
email recipients	電子郵件收件人
shop at the mall	在購物中心逛街

☐☐	**manuscript**	`mænjə͵skrɪpt	手稿
☐☐	**revenue**	`rɛvə͵nju	收益
☐☐	**virus**	`vaɪrəs	（電腦程式的）病毒
☐☐	**virus**	`vaɪrəs	病毒
☐☐	**contractor**	`kɑntræktɚ	承包商，承包人
☐☐	**protein**	`protin	蛋白質
☐☐	**pharmacy**	`fɑrməsɪ	藥房
☐☐	**radiation**	͵redɪ`eʃən	輻射
☐☐	**subscription**	səb`skrɪpʃən	訂購，訂購費
☐☐	**vaccination**	͵væksɪ̩`eʃən	預防接種
☐☐	**vaccine**	`væksin	疫苗
☐☐	**accountant**	ə`kaʊntənt	會計師
☐☐	**coverage**	`kʌvərɪdʒ	保險項目
☐☐	**coverage**	`kʌvərɪdʒ	新聞報導
☐☐	**equivalent**	ɪ`kwɪvələnt	相等物，對應字

write a manuscript	寫手稿
tax revenue	稅收
computer virus	電腦病毒
catch the flu virus	感染流感病毒
building contractor	大樓承包商
soy protein	大豆蛋白質
go to the pharmacy	去藥房
exposure to radiation	接觸輻射
magazine subscription	雜誌訂購
vaccination record	預防接種記錄
flu vaccine	流感疫苗
tax accountant	稅務會計師
insurance coverage	保險範圍
television coverage	電視報導
no English equivalents	英文無對應字

☐☐	**initiative**	ɪˋnɪʃǝtɪv	主動 (權), 先機
☐☐	**utility**	juˋtɪlǝtɪ	公共事業
☐☐	**agenda**	ǝˋdʒɛndǝ	議程表
☐☐	**auditorium**	͵ɔdǝˋtorɪǝm	禮堂 , 觀眾席
☐☐	**liability**	͵laɪǝˋbɪlǝtɪ	責任 , 義務
☐☐	**liability**	͵laɪǝˋbɪlǝtɪ	債務
☐☐	**memorandum**	͵mɛmǝˋrændǝm	(=memo) 備忘錄
☐☐	**mileage**	ˋmaɪlɪdʒ	哩程數
☐☐	**condominium**	͵kɑndǝˋmɪnɪǝm	(=condo) 公寓
☐☐	**verification**	͵vɛrɪfɪˋkeʃǝn	證明 , 確認
☐☐	**semester**	sǝˋmɛstǝ	學期
☐☐	**asset**	ˋæsɛt	資產
☐☐	**counsel**	ˋkaʊnsḷ	勸告 , 建議
☐☐	**counsel**	ˋkaʊnsḷ	律師 , 辯護人
☐☐	**counseling**	ˋkaʊnslɪŋ	諮詢

take the initiative	採取主動
pay the utilities	付水電等費用
meeting agenda	開會議程
school auditorium	學校禮堂
legal liability	法律責任
heavy liabilities	沉重的債務
read the memorandum	看備忘錄
car mileage	汽車哩程數
buy a condominium	買公寓
employment verification	工作證明
school semester	學期
liquid assets	流動資產
seek the counsel	尋求建議
defense counsel	辯護律師
marriage counseling	婚姻諮詢

fitness	`fɪtnɪs	健康
handicap	`hændɪˌkæp	障礙,缺陷
revision	rɪ`vɪʒən	修改,修訂
theft	θɛft	竊盜,偷竊
beverage	`bɛvərɪdʒ	飲料
confirmation	ˌkɑnfɚ`meʃən	確認,證實
intake	`ɪnˌtek	攝取,吸收
merchandise	`mɝtʃənˌdaɪz	商品
partition	pɑr`tɪʃən	隔板,隔間,分割
rebate	`ribet	退款,折扣
assessment	ə`sɛsmənt	評價,評估
compliment	`kɑmpləmənt	讚揚,致意
receptionist	rɪ`sɛpʃənɪst	接待員
trash	træʃ	垃圾
freight	fret	貨運,貨物

physical fitness	體適能
physical handicap	生理障礙
writing revisions	寫作修改
jewelry theft	珠寶失竊
That meal includes a beverage.	餐點附飲料
reservation confirmation number	預約確認號碼
calorie intake	卡路里攝取
receive new merchandise	收到新商品
room partition	房間隔間
mail-in rebate	郵寄退款
environmental impact assessment	環境影響評估
take a compliment	接受讚揚
receptionist at a hotel	飯店接待員
take out the trash	把垃圾拿出去
train freight	火車貨運

☐☐	**inconvenience**	ˌɪnkənˋvinjəns	不便 (的事物)
☐☐	**blast**	blæst	爆破 , 爆炸
☐☐	**blast**	blæst	狂歡 , 盡興
☐☐	**boom**	bum	繁榮 , 激增
☐☐	**boom**	bum	隆隆聲
☐☐	**cashier**	kæˋʃɪr	收銀員
☐☐	**citation**	saɪˋteʃən	引用 , 引述
☐☐	**compensation**	ˌkɑmpənˋseʃən	賠償金
☐☐	**donation**	doˋneʃən	捐款 , 捐贈
☐☐	**fascination**	ˌfæsn̩ˋeʃən	著迷 , 魅力
☐☐	**frustration**	ˌfrʌsˋtreʃən	沮喪 , 挫敗
☐☐	**indication**	ˌɪndəˋkeʃən	指示 , 跡象
☐☐	**leak**	lik	洩漏 , 滲漏
☐☐	**tag**	tæg	標籤 , 標牌
☐☐	**habitat**	ˋhæbəˌtæt	棲息地

cause a major inconvenience	造成重大的不便
blast from the explosives	炸藥爆炸
I had a blast at the concert.	演唱會讓我很盡興
economic boom	經濟繁榮
a loud boom	巨大的隆隆聲
ask the cashier	詢問收銀員
use proper citations	使用適當的引述
receive compensation	收到賠償金
make a charitable donation	慈善捐款
fascination with French culture	著迷於法國文化
show his frustration	表現出他的沮喪
give an indication	給予指示
leak of information	資料洩漏
price tag	價格標籤
animal habitats	動物棲息地

☐☐	**humidity**	hju`mɪdətɪ	溼度 , 潮溼
☐☐	**premium**	`primɪəm	保險費
☐☐	**premium**	`primɪəm	額外費用 , 加價
☐☐	**runway**	`rʌnˏwe	(機場的) 跑道
☐☐	**runway**	`rʌnˏwe	伸展台
☐☐	**aisle**	aɪl	通道 , 走道
☐☐	**damp**	dæmp	溼氣 , 潮溼
☐☐	**inspection**	ɪn`spɛkʃən	檢查 , 檢驗
☐☐	**outlet**	`autˏlɛt	插座
☐☐	**outlet**	`autˏlɛt	發洩途徑 , 出路
☐☐	**outlet**	`autˏlɛt	廉價經銷店
☐☐	**quotation**	kwo`teʃən	語錄 , 引語
☐☐	**reaction**	rɪ`ækʃən	(生理) 反應
☐☐	**refreshment**	rɪ`frɛʃmənt	茶點 , 小點心
☐☐	**reluctance**	rɪ`lʌktəns	不情願 , 勉強

heat and humidity	溫度和溼度
basic premium	基本保險費
pay a premium for an iPhone	加價購買iPhone
clear the runway	清空跑道
fashion runway	時尚伸展台
grocery aisle	雜貨店通道
smell the damp	聞到溼氣
car inspection	汽車檢查
electrical outlet	電源插座
outlet for frustration	發洩挫折的出口
outlet mall	暢貨中心
famous quotation	名言語錄
allergic reaction	過敏反應
have refreshments after class	下課後吃茶點
extreme reluctance	極為勉強

suspension	sə`spɛnʃən	暫停，中止
counterpart	`kaʊntəˌpɑrt	對應的人事物
defendant	dɪ`fɛndənt	被告
script	skrɪpt	劇本
stack	stæk	堆，疊
statistics	stə`tɪstɪks	統計（資料）
symptom	`sɪmptəm	症狀
tourism	`tʊrɪzəm	旅遊，觀光
treasury	`trɛʒərɪ	（英、美等）財政部
behalf	bɪ`hæf	代表
clue	klu	線索
corridor	`kɔrɪdə	走廊
defect	dɪ`fɛkt	缺點，缺陷
distress	dɪ`strɛs	苦惱，痛苦
feast	fist	盛宴，宴會

suspension from the game	暫停出賽
find a counterpart	找到相對應的人
question the defendant	質詢被告
movie script	電影劇本
a stack of newspapers	一疊報紙
reliable statistics	可靠的統計資料
disease symptoms	疾病症狀
bureau of tourism	觀光局
U.S. Treasury	美國財政部
I'm here on his behalf.	我在此代表他
He doesn't have a clue.	他沒有線索
wait in the corridor	在走廊等候
chief defect	主要缺點
emotional distress	情感的苦惱
holiday feast	假日盛宴

implement	`ɪmpləmənt	用具，器具
optimism	`ɑptəmɪzəm	樂觀
outlook	`aut͵luk	觀點
overhead	`ovɚ͵hɛd	經費
patronage	`pætrənɪdʒ	贊助
phase	fez	時期，階段
profile	`profaɪl	簡介，概述
recruit	rɪ`krut	新成員，新兵
restriction	rɪ`strɪkʃən	限制，限定
substitute	`sʌbstə͵tjut	替代品
violation	͵vaɪə`leʃən	違反（行為）
vitality	vaɪ`tælətɪ	活力
accumulation	ə͵kjumjə`leʃən	累積
bankruptcy	`bæŋkrəptsɪ	破產
banquet	`bæŋkwɪt	宴會，盛宴

choose your implement	選擇你的用具
contagious optimism	具感染力的樂觀
positive outlook	正面觀點
reduce overhead	減少經費
Thank you for your patronage.	謝謝你的贊助
early phase	早期
a profile of the company	公司簡介
a new batch of recruits	一批新成員
weight restriction	重量限制
use a substitute	使用替代品
parking violation	違規停車
vitality of youth	年輕活力
accumulation of wealth	財富累積
file for bankruptcy	申請破產
attend a banquet	參加宴會

☐☐	**circulation**	ˌsɝkjəˈleʃən	流通，發行量
☐☐	**competence**	ˈkɑmpətəns	能力
☐☐	**diagram**	ˈdaɪəˌgræm	圖表
☐☐	**economics**	ˌikəˈnɑmɪks	經濟學
☐☐	**execution**	ˌɛksɪˈkjuʃən	執行，履行
☐☐	**faculty**	ˈfækltɪ	全體教職員
☐☐	**fatigue**	fəˈtig	疲勞
☐☐	**fuss**	fʌs	大驚小怪
☐☐	**isolation**	ˌaɪsļˈeʃən	隔離，孤立
☐☐	**outbreak**	ˈautˌbrek	爆發
☐☐	**specification**	ˌspɛsəfəˈkeʃən	說明書
☐☐	**storage**	ˈstorɪdʒ	儲藏（空間）
☐☐	**withdrawal**	wɪðˈdrɔəl	提款，撤回，退出
☐☐	**innovation**	ˌɪnəˈveʃən	革新，新事物
☐☐	**span**	spæn	持續的時間

334

book circulation	圖書流通
great competence	非凡的能力
draw a diagram	畫圖表
study economics	讀經濟學
execution of a will	執行遺囑
university faculty	大學教職員
show signs of fatigue	出現疲勞的徵兆
Don't make a fuss.	不要大驚小怪
isolation period	隔離期
disease outbreak	疾病爆發
the specification of an oven	烤箱的說明書
food storage	食品儲藏
make a bank withdrawal	銀行提款
creative innovations	創意革新
a span of 10 years	10年的期間

□□	**adventure**	əd`vɛntʃə	冒險
□□	**apparatus**	͵æpə`retəs	儀器，裝置
□□	**chip**	tʃɪp	晶片
□□	**chip**	tʃɪp	碎片，碎屑
□□	**circular**	`sɜkjələ	傳單
□□	**civilian**	sɪ`vɪljən	平民
□□	**composition**	͵kɑmpə`zɪʃən	構成，構圖，作品，作文，作曲
□□	**disgust**	dɪs`gʌst	厭惡
□□	**drain**	dren	排水管
□□	**entertainer**	͵ɛntɚ`tenɚ	表演者，藝人
□□	**fantasy**	`fæntəsɪ	幻想，奇幻作品
□□	**gaze**	gez	凝視，注視
□□	**insider**	ɪn`saɪdɚ	內部人士
□□	**memorial**	mə`morɪəl	紀念碑，紀念物
□□	**mixture**	`mɪkstʃə	混合（物）

go on an adventure	去冒險
specialized apparatus	專業儀器
semiconductor chip	半導體晶片
chocolate chip ice cream	巧克力碎片冰淇淋
coupons in the circular	折價傳單
Police protect civilians.	警察保護老百姓
the composition of a photo	照片構圖
look of disgust	憎惡的表情
clogged drain	排水管阻塞
nighttime entertainer	夜間藝人
fantasy world	幻想世界
avoid his gaze	躲避他的凝視
industry insider	企業內部的人
build a memorial	建造紀念碑
a mixture of vegetables	蔬菜混合

pessimism	`pɛsəmɪzəm	悲觀
publicity	pʌbˋlɪsətɪ	宣傳, 宣揚, 公開
remedy	`rɛmədɪ	療法, 處理方法
sculpture	`skʌlptʃə	雕像, 雕刻品
suicide	`suəˌsaɪd	自殺
acknowledgement	əkˋnɑlɪdʒmənt	感謝, 承認
alliance	əˋlaɪəns	結盟, 同盟
ally	əˋlaɪ	盟友, 同盟國
attribute	əˋtrɪbjut	特質, 屬性
blot	blɑt	污漬
blueprint	`bluˌprɪnt	藍圖
commodity	kəˋmɑdətɪ	商品
correspondent	ˌkɔrɪˋspɑndənt	特派員, 記者
curriculum	kəˋrɪkjələm	課程
deputy	`dɛpjətɪ	副手, 代理人

pessimism about the economy	對經濟感到悲觀
avoid publicity	避免宣揚
home remedy	家庭療法
marble sculptures	大理石雕像
commit suicide	自殺
receive acknowledgement	收到感謝
form an alliance	結成同盟
find an ally	找到盟友
good and bad attributes	好與壞的特質
ink blot	墨水漬
draw up a blueprint	畫出藍圖
hot commodity	熱門商品
newspaper correspondent	報社特派記者
school curriculum	學校課程
deputy mayor	副市長

☐☐	**diplomacy**	dɪˋplɑməsɪ	外交手腕
☐☐	**diplomat**	ˋdɪpləmæt	外交官
☐☐	**disagreement**	ˏdɪsəˋgrimənt	意見不合，爭論
☐☐	**fake**	fek	仿冒品，騙子
☐☐	**fluid**	ˋfluɪd	液體，流質
☐☐	**gratitude**	ˋgrætəˏtjud	感激，感謝
☐☐	**gravity**	ˋgrævətɪ	嚴重性
☐☐	**gravity**	ˋgrævətɪ	重力，地心引力
☐☐	**hardship**	ˋhɑrdʃɪp	困苦，艱難
☐☐	**hospitality**	ˏhɑspɪˋtælətɪ	好客，殷勤款待
☐☐	**indifference**	ɪnˋdɪfərəns	冷淡，冷漠
☐☐	**intimacy**	ˋɪntəməsɪ	親密（關係）
☐☐	**jury**	ˋdʒʊrɪ	陪審團
☐☐	**motivation**	ˏmotəˋveʃən	動力，幹勁
☐☐	**motive**	ˋmotɪv	動機

use diplomacy	使用外交手腕
foreign diplomat	外國外交官
went through disagreement	經歷過意見不合
discover a fake	發現仿冒品
water is fluid	水是液體
express my gratitude	表達我的感激之情
the gravity **of the situation**	情況的嚴重性
resist gravity	對抗地心引力
experience a hardship	歷經艱難
show some hospitality	表現好客的態度
treat him with indifference	對他漠不關心
afraid of intimacy	害怕親密關係
runaway jury	失控的陪審團
lose motivation	失去動力
uncover his motive	揭發他的動機

☐☐	**obstacle**	ˋɑbstəkḷ	阻礙
☐☐	**orbit**	ˋɔrbɪt	運行軌道
☐☐	**rally**	ˋrælɪ	集會
☐☐	**scramble**	ˋskræmbḷ	爭搶，爭奪
☐☐	**senator**	ˋsɛnətə	參議員
☐☐	**summary**	ˋsʌmərɪ	摘要
☐☐	**taxation**	tæksˋeʃən	稅收，課稅
☐☐	**transaction**	trænˋzækʃən	交易
☐☐	**utmost**	ˋʌtˏmost	最大所能，最大限度
☐☐	**barrier**	ˋbærɪr	障礙（物）
☐☐	**bulk**	bʌlk	大量，大部分
☐☐	**charter**	ˋtʃɑrtə	憲章
☐☐	**charter**	ˋtʃɑrtə	租賃，包租
☐☐	**consent**	kənˋsɛnt	同意，允許，答應
☐☐	**contempt**	kənˋtɛmpt	輕視，藐視

face many obstacles	面臨很多阻礙
earth's orbit	地球運行的軌道
school rally	學校集會
a scramble for the bridal bouquet	爭搶新娘捧花
state senator	州立參議員
write a summary	寫摘要
increase taxation	增加稅收
commercial transaction	商業交易
do my utmost	盡我所能
psychological barrier	心理障礙
buy rice in bulk	大批買米
the Charter of the United Nations	聯合國憲章
available for charter	可供包租
give consent to her marriage	同意她結婚
have contempt for politicians	輕視政治人物

core	kor	中心，核心	
core	kor	精髓，要點	
destiny	`dɛstənɪ	命運，天命	
discharge	`dɪstʃɑrdʒ	獲准離開，排出 (物)	
format	`fɔrmæt	形式，格式，版式	
halt	hɔlt	停止	
illusion	ɪˋljuʒən	幻想，錯覺	
illustration	ˌɪlʌsˋtreʃən	插畫，圖解	
incline	`ɪnklaɪn	斜坡	
interpretation	ɪnˌtɜprɪˋteʃən	解釋，闡釋	
merger	mɜdʒɚ	合併	
opponent	əˋponənt	對手，反對者	
pulse	pʌls	脈搏	
rash	ræʃ	疹子	
rash	ræʃ	許多，一連串 (尤指壞事)	

the earth's core	地球的核心
the core of his talk	他談話的要點
the destiny of man	人類的命運
The prisoner got his discharge.	囚犯遭到釋放
use a different format	使用不同的形式
come to a screeching halt	嘎然而止
be under the illusion	存有幻想
children's illustration	兒童插畫
a steep incline	陡峭的斜坡
give an interpretation	做出解釋
bank merger	銀行合併
worthy opponent	可敬的對手
take your pulse	量你的脈搏
get an itchy rash	起疹子發癢
a rash of scandals	一連串醜聞

recess	rɪˋsɛs	休會，休息時間
routine	ruˋtin	慣例，日常工作
tolerance	ˋtɑlərəns	寬容，容忍
tragedy	ˋtrædʒədɪ	悲劇
accuracy	ˋækjərəsɪ	準確
blaze	blez	烈火，火焰
boycott	ˋbɔɪkɑt	抵制，杯葛
bribe	braɪb	賄賂
cargo	ˋkɑrgo	貨物
clash	klæʃ	衝突，歧異
controversy	ˋkɑntrə͵vɝsɪ	爭論，爭議
conviction	kənˋvɪkʃən	堅定的信念，確信
conviction	kənˋvɪkʃən	判罪，定罪
deficit	ˋdɛfəsɪt	赤字
glimpse	glɪmps	一瞥

take a recess	休會
follow a routine	按照慣例
show tolerance	展現寬宏大量
Greek tragedy	希臘悲劇
accuracy and precision	準確與精密
burning blaze	大火燃燒
a supermarket boycott	抵制超市
take a bribe	收賄
boat carrying cargo	載送貨物的船
culture clash	文化衝突
controversy over his death	對他死亡的爭議
stick to his convictions	忠於他的信念
conviction for theft	判處竊盜罪
national deficit	國家赤字
catch a glimpse	驚鴻一瞥

heritage	`hɛrətɪdʒ	遺產
mammal	`mæml	哺乳動物
pension	`pɛnʃən	退休金，撫恤金
plug	plʌg	插頭
transmission	træns`mɪʃən	變速器，傳達
chat	tʃæt	聊天，閒聊
civilization	ˌsɪvḷə`zeʃən	文明世界
civilization	ˌsɪvḷə`zeʃən	文明
click	klɪk	喀嚓聲
concrete	`kɑnkrit	混凝土
confusion	kən`fjuʒən	混淆，困惑
contemporary	kən`tɛmpəˌrɛrɪ	同齡的人，同代的人
evolution	ˌɛvə`luʃən	進化
fertility	fɝ`tɪlətɪ	繁殖力，(土壤的) 肥沃
hug	hʌg	擁抱

cultural heritage	文化遺產
birds and mammals	鳥類和哺乳動物
receive a pension	收到退休金
pull the plug	拔掉插頭
car transmission	汽車變速器
online chat	線上聊天
return to civilization	回歸文明世界
ancient civilizations	古文明
mouse click	滑鼠喀嚓聲
made of concrete	由混凝土製成
in all the confusion	一團混亂
one of his contemporaries	跟他同齡的一個人
human evolution	人類進化
female fertility	女性生殖能力
give a warm hug	給予溫暖的擁抱

☐☐	**infection**	ɪnˋfɛkʃən	傳染
☐☐	**input**	ˋɪnˏpʊt	投入，輸入
☐☐	**margin**	ˋmɑrdʒɪn	差額，幅度
☐☐	**margin**	ˋmɑrdʒɪn	頁邊空白
☐☐	**objective**	əbˋdʒɛktɪv	目標，目的
☐☐	**partnership**	ˋpɑrtnɚˏʃɪp	合夥關係
☐☐	**paste**	pest	麵糰，漿糊
☐☐	**phenomenon**	fəˋnɑməˏnɑn	現象
☐☐	**precedent**	ˋprɛsədənt	先例，慣例
☐☐	**prejudice**	ˋprɛdʒədɪs	偏見
☐☐	**questionnaire**	ˏkwɛstʃənˋɛr	問卷，調查表
☐☐	**cholesterol**	kəˋlɛstəˏrol	膽固醇
☐☐	**scar**	skɑr	傷疤
☐☐	**scrap**	skræp	碎片
☐☐	**transit**	ˋtrænsɪt	運輸，運送

bacterial infection	細菌傳染
Thanks for your input.	謝謝你的投入
margin of error	誤差幅度
write in the margins	寫在空白處
main objective	主要目標
enter a partnership	結成合夥關係
Mix it into a paste.	把它混到麵糰裡
cultural phenomena	文化現象
without precedent	沒有先例
racial prejudice	種族偏見
fill out a questionnaire	填寫問卷
lower cholesterol	降低膽固醇
scar on her leg	她腿上的傷疤
scrap of paper	紙片
lost in transit	運送途中遺失

☐☐	**transition**	træn`zɪʃən	過渡, 過渡時期
☐☐	**viewpoint**	`vju‚pɔɪnt	觀點, 見解
☐☐	**pastime**	`pæs‚taɪm	消遣
☐☐	**revival**	rɪ`vaɪvl̩	復甦, 復興
☐☐	**heir**	ɛr	繼承人
☐☐	**hail**	hel	冰雹
☐☐	**abortion**	ə`bɔrʃən	墮胎, 人工流產
☐☐	**activist**	`æktəvɪst	行動主義者, 活動家
☐☐	**cosmetic**	kɑz`mɛtɪk	化妝品
☐☐	**courtesy**	`kɝtəsɪ	禮貌
☐☐	**dimension**	dɪ`mɛnʃən	尺寸
☐☐	**dimension**	dɪ`mɛnʃən	方面, 層面
☐☐	**drought**	draʊt	乾旱
☐☐	**endeavor**	ɪn`dɛvɚ	努力
☐☐	**ethics**	`ɛθɪks	道德觀

make a smooth transition	平穩的過渡期
express another viewpoint	表達其他的觀點
favorite pastime	喜愛的消遣
Greek revival style	希臘復興風格
only male heir	唯一的男性繼承人
There was hail yesterday.	昨天下了冰雹
She had an abortion.	她墮胎了
human rights activist	人權活動家
buy cosmetics	買化妝品
common courtesy	一般的禮貌
measure the dimensions	測量尺寸
adds another dimension	增加另一個層面
face a drought	面臨乾旱問題
personal endeavors	個人的努力
ethics of her profession	她的職業道德

☐☐	**excursion**	ɪkˋskɝʒən	遠足，短程旅行
☐☐	**inhabitant**	ɪnˋhæbətənt	居民
☐☐	**molecule**	ˋmɑləˏkjul	分子
☐☐	**monopoly**	məˋnɑplɪ	壟斷，獨佔
☐☐	**nuisance**	ˋnjusn̩s	騷擾，討厭（的人事物）
☐☐	**odor**	ˋodə	異味，（難聞的）氣味
☐☐	**perspective**	pəˋspɛktɪv	洞察力，客觀判斷力
☐☐	**perspective**	pəˋspɛktɪv	觀點，看法
☐☐	**remainder**	rɪˋmendə	其餘的人，剩餘物
☐☐	**sequence**	ˋsikwəns	一連串，順序
☐☐	**shiver**	ˋʃɪvə	顫抖
☐☐	**skyscraper**	ˋskaɪˏskrepə	摩天大樓
☐☐	**souvenir**	ˋsuvəˏnɪr	紀念品
☐☐	**biography**	baɪˋɑgrəfɪ	傳記
☐☐	**extract**	ˋɛkstrækt	精華，提取物

take an excursion	去遠足
inhabitants of New York	紐約居民
molecule of water	水分子
break up a monopoly	打破壟斷
cause a nuisance	造成騷擾
smell an odor	聞到異味
keep things in perspective	明察事理
see from his perspective	從他的觀點來看
left the remainder	留下剩餘的
with a sequence	接二連三
gives me the shivers	令我顫抖
skyscrapers in the city	城市裡的摩天大樓
buy a souvenir	買紀念品
read a biography	讀傳記
add vanilla extract	添加香草精

	英文	音標	中文
☐☐	**extract**	`ɛkstrækt	摘錄,節錄
☐☐	**odds**	ɑds	機率,可能性
☐☐	**resume**	ˌrɛzuˋme	履歷表,個人簡歷
☐☐	**attachment**	əˋtætʃmənt	附件
☐☐	**boarding**	`bordɪŋ	搭乘(船,飛機)
☐☐	**comprehension**	ˌkɑmprɪˋhɛnʃən	理解力,理解練習
☐☐	**conception**	kənˋsɛpʃən	概念,想法
☐☐	**conception**	kənˋsɛpʃən	構想,構思
☐☐	**sentiment**	`sɛntəmənt	心情,感情
☐☐	**borrowing**	`bɑroɪŋ	借款,借用的事物
☐☐	**despair**	dɪˋspɛr	絕望
☐☐	**warehouse**	`wɛrˌhaus	倉庫
☐☐	**allergy**	`ælədʒɪ	過敏
☐☐	**warranty**	`wɔrəntɪ	保證書,保固
☐☐	**sensor**	`sɛnsɚ	感應器

an extract from a book	書籍摘錄
even odds	機率相等
send your resume	寄你的履歷表
Please see the attachment.	請看附件
boarding pass	登機證
reading comprehension	閱讀理解練習
the conception of reincarnation	靈魂轉世的概念
conception of a plan	計畫的構想
share the sentiment	分享心情
bank borrowing	向銀行借款
fall into despair	陷入絕望
stored in a warehouse	儲存在倉庫裡
nut allergy	堅果過敏症
be under warranty	在保固期內
motion sensor	運動感應器

airfare	`ɛrfɛr	機票費用
surcharge	`sɜˏtʃɑrdʒ	附加費用
bulletin	`bʊlətɪn	快報 , 簡報 , 佈告
collision	kə`lɪʒən	衝突
incentive	ɪn`sɛntɪv	激勵 , 誘因 , 動機
lumber	`lʌmbə	木材
update	ʌp`det	最新消息
update	ʌp`det	更新
vapor	`vepə	蒸氣
immigration	ˏɪmə`greʃən	移民 , 入境
interaction	ˏɪntə`rækʃən	互動
landmark	`lændˏmɑrk	地標
module	`mɑdʒul	(課程) 單元 ,(電腦) 模組
specialty	`spɛʃəltɪ	專業 , 專長
specialty	`spɛʃəltɪ	特產

find a cheap airfare	找到便宜機票
fuel surcharge	燃油附加費
news bulletin	新聞快報
head-on collision	正面衝突
buying incentive	購買誘因
saw the lumber	鋸木材
Give me an update.	給我最新消息
software update	軟體更新
water vapor	水蒸氣
customs and immigration	海關和入境
awkward interaction	尷尬的互動
Is it near any landmarks?	附近有地標嗎？
training module	訓練單元
medical specialty	醫學專業
a specialty of the city	城市的特產

☐☐	**curb**	kɜb	路邊,路緣
☐☐	**setback**	`sɛt‚bæk	挫折
☐☐	**surge**	sɜdʒ	飆漲,激增
☐☐	**surge**	sɜdʒ	洶湧,奔騰
☐☐	**stockholder**	`stɑk‚holdə	股東
☐☐	**workout**	`wɜk‚aut	練習,運動
☐☐	**chore**	tʃor	雜事
☐☐	**formula**	`fɔrmjələ	方案
☐☐	**formula**	`fɔrmjələ	處方
☐☐	**formula**	`fɔrmjələ	公式
☐☐	**luncheon**	`lʌntʃən	正式的午餐,午餐會
☐☐	**petition**	pə`tɪʃən	請願書
☐☐	**subsidiary**	səb`sɪdɪ‚ɛrɪ	子公司
☐☐	**surplus**	`sɜpləs	過剩,剩餘
☐☐	**advocate**	`ædvəkɪt	提倡者

Leave it on the curb.	把它留在路邊
minor setback	小挫折
a surge in unemployment	失業人口激增
the surge of the ocean	海浪洶湧
inform stockholders	通知股東
do a quick workout	做快速運動
have to do some chores	必須做些雜事
follow a set formula	按照擬定的方案
formula of the medicine	藥劑處方
use a mathematical formula	利用數學公式
attend a luncheon	參加午餐會
sign a petition	簽署請願書
an overseas subsidiary	海外子公司
surplus of food	食物過剩
an advocate for women's rights	女權倡導者

directory	dəˋrɛktərɪ	電話簿，目錄
quake	kwek	地震，顫抖
digit	ˋdɪdʒɪt	數字，數位
reminder	rɪˋmaɪndə	提醒（物）
slack	slæk	蕭條
tuition	tjuˋɪʃən	學費
complexion	kəmˋplɛkʃən	臉色，氣色
fume	fjum	煙，氣
upside	ˋʌpˏsaɪd	好的一面
upside	ˋʌpˏsaɪd	上面
itinerary	aɪˋtɪnəˏrɛrɪ	旅行日程
bureaucracy	bjuˋrɑkrəsɪ	官僚體制
citizenship	ˋsɪtəznˏʃɪp	公民資格，公民身分
compartment	kəmˋpɑrtmənt	隔間，隔層
correspondence	ˏkɔrəˋspɑndəns	聯繫，通信

email directory	電子郵件目錄
feel the quake	感覺到地震
7 digit number	7位數的數字
send him a reminder	寄給他提醒信
economic slack	經濟蕭條
school tuition	學費
clear complexion	無瑕的臉色
toxic fumes	毒氣
the upside of the matter	事情好的一面
upside down	上下顛倒
flight itinerary	班機行程
representative bureaucracy	代表性官僚
apply for citizenship	申請公民
baggage compartment	行李置放箱
keep up a correspondence	持續通信

☐☐	**emission**	ɪˋmɪʃən	排放(物)
☐☐	**expertise**	͵ɛkspəˋtiz	專門技能,專門知識
☐☐	**legend**	ˋlɛdʒənd	傳說
☐☐	**outfit**	ˋaʊt͵fɪt	全套服裝
☐☐	**pedestrian**	pəˋdɛstrɪən	行人
☐☐	**renewal**	rɪˋnjuəl	更新,換新
☐☐	**stationery**	ˋsteʃən͵ɛrɪ	文具
☐☐	**therapy**	ˋθɛrəpɪ	治療
☐☐	**thesis**	ˋθisɪs	論文
☐☐	**wholesale**	ˋhol͵sel	批發
☐☐	**assault**	əˋsɔlt	侵犯人身,突擊
☐☐	**fertilizer**	ˋfɝtl͵aɪzə	肥料
☐☐	**hostage**	ˋhɑstɪdʒ	人質
☐☐	**litter**	ˋlɪtɝ	垃圾,廢棄物
☐☐	**quarterly**	ˋkwɔrtəlɪ	季刊

car emissions	汽車排放氣體
have limited expertise	有限的專門知識
legend has it	傳說中
bought a new outfit	購買新的套裝
pedestrian walkway	人行道
registration renewal	註冊更新
company stationery	公司文具
She's going to therapy.	她將進行治療
doctoral thesis	博士論文
buy at wholesale	批發買進
sexual assaults	性侵害
plant fertilizer	植物肥料
hold hostage	扣押人質
litter bin	(街上的)垃圾箱
news quarterly	新聞季刊

spouse	spauz	配偶
transplant	`trænsplænt	移民者
transplant	`trænsplænt	移植（器官）
clearance	`klɪrəns	清倉大拍賣
infrastructure	`ɪnfrə͵strʌktʃə	基礎建設
inventory	`ɪnvən͵torɪ	庫存
nutrient	`njutrɪənt	營養素
vendor	`vɛndə	攤販
courier	`kurɪə	快遞（公司）
installment	ɪn`stɔlmənt	分期付款, 分期連載
dose	dos	一劑, 劑量
downturn	`daʊntɝn	衰退
malfunction	mæl`fʌŋʃən	故障
discrimination	dɪ͵skrɪmə`neʃən	歧視
aggression	ə`grɛʃən	侵犯

bring your spouse	帶你的配偶前來
He's a transplant from New York.	他從紐約移居而來
heart transplant	心臟移植
buy on clearance	在清倉時血拼
limited infrastructure	有限的基礎建設
track inventory	追蹤庫存
get enough nutrients	攝取足夠營養
vegetable vendor	菜販
send by courier	快遞送件
purchase on installment	分期購買
lethal dose	致死劑量
economic downturn	經濟衰退
mechanical malfunction	機器故障
racial discrimination	種族歧視
Don't take out your aggression on me.	請勿侵犯到我

☐☐	**amendment**	əˋmɛndmənt	修訂，修正案
☐☐	**attorney**	əˋtɜnɪ	律師
☐☐	**auction**	ˋɔkʃən	拍賣（會）
☐☐	**delegate**	ˋdɛləgɪt	代表
☐☐	**dissatisfaction**	ˏdɪssætɪsˋfækʃən	不滿
☐☐	**distraction**	dɪˋstrækʃən	娛樂，消遣，讓人分心的事
☐☐	**dividend**	ˋdɪvəˏdɛnd	紅利
☐☐	**dormitory**	ˋdɔrməˏtorɪ	宿舍
☐☐	**fabric**	ˋfæbrɪk	織品，布料
☐☐	**indicator**	ˋɪndəˏketə	指標
☐☐	**menace**	ˋmɛnɪs	威脅
☐☐	**pottery**	ˋpɑtərɪ	陶器，陶土
☐☐	**safeguard**	ˋsefˏgɑrd	防護措施
☐☐	**specimen**	ˋspɛsəmən	標本
☐☐	**testimony**	ˋtɛstəˏmonɪ	證詞，證明

constitutional amendment	憲法修正案
speak with an attorney	和我的律師談
buy at an auction	在拍賣會上購得
delegates at the conference	會議代表
job dissatisfaction	工作上的不滿
limit distractions	限制娛樂
stock dividends	股票紅利
college dormitory	大學宿舍
fabric samples	布料樣本
economic indicators	經濟指標
menace to society	對社會的威脅
make pottery	製陶
various safeguards in place	各種防護措施已就緒
collect specimens	採集標本
give testimony in court	在法庭上作證

□□	**vacancy**	`vekənsɪ	空缺 , 空職
□□	**vacancy**	`vekənsɪ	空房
□□	**adolescent**	ˌædḷ`ɛsṇt	青少年
□□	**adolescence**	ˌædḷ`ɛsṇs	青春期
□□	**aviation**	ˌevɪ`eʃən	航空
□□	**breakthrough**	`brekˌθru	突破
□□	**donor**	`donə	捐贈者
□□	**epidemic**	ˌɛpɪ`dɛmɪk	流行性
□□	**fragrance**	`fregrəns	香氣
□□	**hemisphere**	`hɛməsˌfɪr	地球的半球 , 大腦的半球
□□	**liberation**	ˌlɪbə`reʃən	釋放
□□	**lookout**	`lʊkˌaʊt	監視
□□	**plaintiff**	`plentɪf	原告
□□	**plateau**	plæ`to	穩定期 , 停滯期 , 高原
□□	**prestige**	prɛs`tiʒ	聲望 , 名望

have a vacancy for an editor	有一個編輯職缺
hotel vacancies	旅館空房
children and adolescents	兒童和青少年
problems during adolescence	青春期的煩惱
Federal Aviation Administration	聯邦航空局
medical breakthrough	醫學突破
organ donor	器官捐贈者
flu epidemic	流感大流行
perfume fragrance	香氛
left hemisphere	左腦
liberation of the prisoners	釋放囚犯
keep a lookout	監視
question the plaintiff	質詢原告
reach a plateau	開始停滯不前
career prestige	職業聲望

☐☐	**reactor**	rɪˋæktə	反應裝置
☐☐	**skeleton**	ˋskɛlətn̩	骨骼, 骨架
☐☐	**skeleton**	ˋskɛlətn̩	骨瘦如柴
☐☐	**slump**	slʌmp	消沉
☐☐	**slump**	slʌmp	暴跌, 銳減
☐☐	**transcript**	ˋtræn͵skrɪpt	文字記錄
☐☐	**biotechnology**	͵baɪotɛkˋnɑlədʒɪ	生物工程
☐☐	**eruption**	ɪˋrʌpʃən	噴出, 爆發
☐☐	**germ**	dʒɝm	微生物, 病菌
☐☐	**irrigation**	͵ɪrəˋgeʃən	灌溉
☐☐	**ramp**	ræmp	活動坡道
☐☐	**reunion**	riˋjnjən	同學會, 團聚
☐☐	**sanction**	ˋsæŋkʃən	制裁, 處罰
☐☐	**takeoff**	ˋtek͵ɔf	起飛
☐☐	**simulation**	͵sɪmjəˋleʃən	模擬

372

nuclear reactor	核能反應爐
human skeleton	人體骨架
reduced to a skeleton	骨瘦如柴
He's in a slump.	他意志消沉
a slump in exports	出口銳減
interview transcript	訪談文字記錄
biotechnology company	生物工程公司
volcanic eruption	火山爆發
afraid of germs	害怕病菌
field irrigation	田地灌溉
parking ramp	停機坪
high school reunion	高中同學會
economic sanctions	經濟制裁
plane's takeoff	飛機起飛
flight simulation	飛行模擬

turbulence	`tɜbjələns	亂流,動盪
deregulation	dɪ`rɛgjʊ͵leʃən	撤銷管制規定
downsizing	`daʊn͵saɪzɪŋ	縮減開支
meteorology	͵mitɪə`rɑlədʒɪ	氣象狀態,氣象學
paperwork	`pepɚ͵wɜk	文書工作
administrator	əd`mɪnə͵stretɚ	管理人員,行政人員
carrier	`kærɪɚ	運輸工具
carrier	`kærɪɚ	運送人
supplement	`sʌpləmənt	補充物
supplement	`sʌpləmənt	附錄
gene	dʒin	遺傳因子
objection	əb`dʒɛkʃən	異議,反對
rust	rʌst	鐵鏽
bruise	bruz	瘀血,擦傷
dictator	`dɪk͵tetɚ	獨裁者

experience turbulence	歷經亂流
industry deregulation	企業撤銷管制規定
company downsizing	公司縮減開支
degree in meteorology	氣象學學位
finish up some paperwork	完成一些文書工作
school administrator	學校行政人員
dog carrier	寵物外出袋
mail carrier	郵差
vitamin supplements	維他命補充
magazine supplement	雜誌附錄
cancer gene	癌症遺傳因子
raise an objection	舉手反對
rust **on the bus**	公車上的鐵鏽
got a bruise	瘀血
ruthless dictator	冷血的獨裁者

diploma	dɪˋplomə	畢業文憑
escort	ˋɛskɔrt	護送者
nomination	ˏnɑməˋneʃən	提名
overview	ˋovəˏvju	概述, 綜觀
scoop	skup	獨家新聞
scoop	skup	一勺, 勺子
subsidy	ˋsʌbsədɪ	補助金, 津貼
subtraction	səbˋtrækʃən	減算, 減少
supplier	səˋplaɪə	供應者
turnover	ˋtɜnˏovə	營業額, 人事流動率
recollection	ˏrɛkəˋlɛkʃən	回憶, 回想
wit	wɪt	機智幽默
ambiguity	ˏæmbɪˋgjuətɪ	模稜兩可 (的話)
celebrity	sɪˋlɛbrətɪ	名流
drawback	ˋdrɔˏbæk	短處

college diploma	大學文憑
under escort	護送之下
Oscar nomination	奧斯卡提名
overview **of this chapter**	本章概述
Give me the scoop.	給我獨家新聞
a scoop **of ice cream**	一球冰淇淋
receive a subsidy	收到補助金
use subtraction	運用減法
materials suppliers	材料供應商
job turnover	工作流動率
recollection **of what happened**	回憶發生之事
his keen wit	他富有機智幽默
answer with ambiguity	回答模稜兩可
Hollywood celebrity	好萊塢名流
major drawbacks	主要缺點

☐	**entrepreneur**	ˌɑntrəprəˋnɝ	企業家
☐	**integrity**	ɪnˋtɛgrətɪ	正直
☐	**lawsuit**	ˋlɔˌsut	訴訟
☐	**observance**	əbˋzɝvəns	遵守 , 奉行
☐	**speculation**	ˌspɛkjəˋleʃən	猜測 , 推斷
☐	**sphere**	sfɪr	範圍 , 球體
☐	**takeover**	ˋtekˌovə	接收
☐	**trademark**	ˋtredˌmɑrk	商標
☐	**trigger**	ˋtrɪgə	(槍的) 扳機 , 起因
☐	**workplace**	ˋwɝkˌples	工作場所
☐	**aspiration**	ˌæspəˋreʃən	抱負
☐	**duplicate**	ˋdjupləkɪt	複製品 , 副本
☐	**petroleum**	pəˋtrolɪəm	石油
☐	**retrieval**	rɪˋtrivl̩	檢索
☐	**acclaim**	əˋklem	讚揚 , 高度評價

business entrepreneur	商業企業家
maintain your integrity	維持你的正直
file a lawsuit	提出訴訟
observance of laws	遵守法律
widespread speculation	普遍猜測
sphere of influence	影響範圍
hostile takeover	惡性接收
use a trademark	使用商標
pull the trigger	扣扳機
workplace safety	工作場所安全
career aspiration	生涯抱負
make a duplicate	製作副本
petroleum products	石油製品
data retrieval	數據檢索
internationa acclaim	國際讚揚

☐☐	**embargo**	ɪmˋbargo	禁止
☐☐	**logo**	ˋlogo	商標
☐☐	**condolence**	kənˋdoləns	慰問
☐☐	**detour**	ˋditur	繞道
☐☐	**boost**	bust	促進, 提高
☐☐	**dialogue**	ˋdaɪəˌlɔg	對話
☐☐	**diversity**	daɪˋvɜsətɪ	差異, 多樣性
☐☐	**vigor**	ˋvɪgə	體力
☐☐	**descendant**	dɪˋsɛndənt	子孫, 後代
☐☐	**altitude**	ˋæltəˌtjud	高處, 海拔
☐☐	**apprentice**	əˋprɛntɪs	學徒
☐☐	**ballot**	ˋbælət	選票, 投票表決
☐☐	**binding**	ˋbaɪndɪŋ	裝訂
☐☐	**commonplace**	ˋkɑmənˌ ples	司空見慣
☐☐	**contradiction**	ˌkɑntrəˋdɪkʃən	矛盾

press embargo	新聞封鎖
corporate logo	公司商標
send our condolences	獻上我們的慰問
take a detour	繞道
boost of energy	提高精力
start a dialogue	開始對話
cultural diversity	文化多樣性
renewed vigor	恢復體力
descendent of the king	君王後裔
altitude sickness	高山症
carpenter's apprentice	木匠學徒
voting ballot	選票
book binding	書籍裝訂
has become commonplace	已經司空見慣
full of contradictions	充滿矛盾

creditor	ˋkrɛdɪtə	債權人
diversion	daɪˋvɝʒən	轉移
fraud	frɔd	欺騙，詐欺
friction	ˋfrɪkʃən	摩擦
fringe	frɪndʒ	邊緣
fringe	frɪndʒ	流蘇，邊緣的裝飾
hypothesis	haɪˋpɑθəsɪs	假說，假設
lease	lis	租約
predecessor	ˋprɛdɪ͵sɛsə	前任
raid	red	搜查
tariff	ˋtærɪf	關稅
textile	ˋtɛkstaɪl	紡織品
bias	ˋbaɪəs	偏向，偏見
ecology	ɪˋkɑlədʒɪ	生態（學）
fury	ˋfjʊrɪ	狂怒

avoid calls from creditors	躲避債主的電話
create a diversion	轉移注意力
charges of fraud	被控詐欺
decrease friction	減少摩擦
the fringes of society	社會邊緣
fringe on the carpet	地毯的流蘇
formulate a hypothesis	制定假說
sign a lease	簽訂租約
problems left by the predecessor	前任留下的爛攤子
drug raid	搜查毒品
pay a tariff	付關稅
textiles and design	織品與設計
a bias in favor	偏袒
marine ecology	海洋生態學
in his fury	他盛怒之下

☐☐	**reproach**	rɪˋprotʃ	責備,批評
☐☐	**aerospace**	ˋɛrəˏspes	航空
☐☐	**allegation**	ˏæləˋgeʃən	申述,指控
☐☐	**apparel**	əˋpærəl	服裝
☐☐	**audit**	ˋɔdɪt	查帳,審計
☐☐	**breakup**	ˋbrekˋʌp	分裂,分離
☐☐	**clone**	klon	複製人 (或其他生物)
☐☐	**countenance**	ˋkauntənəns	表情
☐☐	**dilemma**	dəˋlɛmə	(進退兩難的) 困境
☐☐	**endorsement**	ɪnˋdɔrsmənt	贊同,支持
☐☐	**imbalance**	ɪmˋbæləns	不均衡,失衡
☐☐	**layout**	ˋleˏaut	設計,安排
☐☐	**lure**	lur	誘惑
☐☐	**periodical**	ˏpɪrɪˋɑdɪkl̩	期刊
☐☐	**portfolio**	portˋfolɪo	(求職用的) 作品集

be above reproach	無可厚非
aerospace museum	航空博物館
legal allegations	法律指控
women's apparel	女裝
accounting audit	會計查帳
They had a bad breakup.	他們分手得很難看
genetic clone	基因複製
unhappy countenance	表情不悅
face a dilemma	面臨困境
receive his endorsement	得到他的支持
power imbalance	權力失衡
building layout	建築設計
lure of money and fame	名利的誘惑
news periodicals	新聞期刊
online portfolio	線上作品集

☐☐	**portfolio**	ˋpɔrtˋfolɪ͵o	投資組合
☐☐	**quota**	ˋkwotə	定額
☐☐	**slash**	slæʃ	削減
☐☐	**subordinate**	səˋbɔrdṇɪt	部屬
☐☐	**tilt**	tɪlt	傾斜, 偏斜
☐☐	**tilt**	tɪlt	傾向, 偏向
☐☐	**barter**	ˋbɑrtə	以物易物
☐☐	**briefing**	ˋbrifɪŋ	簡報
☐☐	**collaboration**	kə͵læbəˋreʃən	合作
☐☐	**diabetes**	͵daɪəˋbitiz	糖尿病
☐☐	**intermission**	͵ɪntəˋmɪʃən	中場休息
☐☐	**layoff**	ˋle͵ɔf	解雇, 裁員
☐☐	**morale**	məˋræl	士氣, 鬥志
☐☐	**pact**	pækt	契約
☐☐	**psychiatrist**	saɪˋkaɪətrɪst	精神科醫師

investment portfolio	投資組合
meet a quota	達到定額
a slash in the price	價格削減
manage subordinates	管理部屬
tilt of the steering wheel	方向盤傾斜
the tilt towards the US	傾美
a fair barter	公平的以物易物
legal briefing	法律簡報
set up a collaboration	建立合作
diagnosed with diabetes	診斷出糖尿病
show intermission	節目中場休息
job layoffs	工作裁員
company morale	公司士氣
make a pact	簽訂契約
see a psychiatrist	看精神科醫師

☐☐	**radius**	`redɪəs	半徑長度，半徑範圍
☐☐	**tumor**	`tjumə	腫瘤
☐☐	**verdict**	`vɝdɪkt	裁定，裁決
☐☐	**vocation**	vo`keʃən	職業，工作
☐☐	**censorship**	`sɛnsəˌʃɪp	審查制度
☐☐	**affiliate**	ə`fɪlɪt	成員，分會，分公司
☐☐	**autograph**	`ɔtəˌgræf	親筆簽名
☐☐	**beneficiary**	ˌbɛnə`fɪʃərɪ	受惠者，受益人
☐☐	**debtor**	`dɛtɚ	債務人
☐☐	**default**	dɪ`fɔlt	拖欠，不履行，系統預設值
☐☐	**delinquent**	dɪ`lɪŋkwənt	青少年罪犯
☐☐	**franchise**	`frænˌtʃaɪz	加盟權，加盟店
☐☐	**phony**	`fonɪ	贗品，冒牌貨
☐☐	**seniority**	sin`jɔrətɪ	年資
☐☐	**tangle**	`tæŋgl̩	糾纏，糾結

within a 5 mile radius	在5英里範圍內
discovered a tumor	發現腫瘤
hand down the verdict	作出裁定
learn a vocation	學習一門職業
news censorship	新聞審查制度
program affiliates	計畫成員
get his autograph	得到他的親筆簽名
designate a beneficiary	指定受益人
delinquent debtors	拖欠款項的債務人
Your loan is in default.	你拖欠貸款
juvenile delinquent	少年犯
restaurant franchise	餐廳加盟
The painting is a phony.	這幅畫是贗品
seniority in the company	公司年資
tangle in my hair	我的頭髮打結

☐☐	**acting**	`æktɪŋ	代理的
☐☐	**affirmative**	ə`fɝmətɪv	肯定的
☐☐	**alien**	`elɪən	外國的
☐☐	**complicated**	`kɑmplə͵ketɪd	複雜的
☐☐	**detailed**	dɪ`teld	詳細的
☐☐	**distinct**	dɪ`stɪŋkt	清楚的，明確的
☐☐	**distinct**	dɪ`stɪŋkt	截然不同的，有區別的
☐☐	**evident**	`ɛvədənt	顯然的
☐☐	**external**	ɪk`stɝnəl	外界的
☐☐	**external**	ɪk`stɝnəl	對外的
☐☐	**external**	ɪk`stɝnəl	外部的
☐☐	**fundamental**	͵fʌndə`mɛntl̩	基礎的，根本的
☐☐	**halfway**	`hæf͵we	中間的，中途的
☐☐	**harsh**	hɑrʃ	嚴厲的
☐☐	**harsh**	hɑrʃ	惡劣的

acting **manager**	代理經理
affirmative **answer**	肯定的答案
alien **corporation**	外商公司
complicated **circumstance**	複雜的情況
detailed **report**	詳細的報告
distinct **memories**	清楚的記憶
distinct **interests**	截然不同的興趣
evident **that he didn't approve**	顯然他不贊成
external **review**	外界審查
external **trade**	對外貿易
external **appearance of the house**	房子外觀
fundamental **differences**	根本的差異
halfway **point**	中間點
harsh **criticism**	嚴厲批評
harsh **weather**	天氣惡劣

literary	`lɪtəˌrɛrɪ	文學的
logical	`lɑdʒɪkl̩	必然的，合乎常理的
logical	`lɑdʒɪkl̩	合乎邏輯的
marvelous	`mɑrvələs	極好的，很棒的
modest	`mɑdɪst	謙虛的
modest	`mɑdɪst	適度的，有節制的
modest	`mɑdɪst	端莊的
obvious	`ɑbvɪəs	明顯的
partial	`pɑrʃəl	部分的
partial	`pɑrʃəl	偏心的，偏袒的
partial	`pɑrʃəl	偏愛的
preoccupied	pri`ɑkjəˌpaɪd	全神貫注的，入神的
radical	`rædɪkl̩	激進的
radical	`rædɪkl̩	根本的，徹底的
ripe	raɪp	（水果或作物）成熟的

literary theory	文學理論
logical conclusion	必然的結論
logical thinking	邏輯思考
marvelous experience	很棒的經驗
modest man	謙虛的人
live a modest life	生活過得節制
modest clothing	端莊的衣著
obvious that he likes you	很明顯他喜歡你
partial payment	部分支付
partial to his youngest girl	偏袒他的小女兒
partial to desserts	偏愛吃甜食
preoccupied with work	專注於工作
radical politician	激進派政治人物
radical reform	徹底改革
the oranges are ripe	柳丁熟了

	ripe	raɪp	（時機）成熟的
	rural	ˋrʊrəl	鄉村的，農村的
	slim	slɪm	苗條的
	slim	slɪm	微薄的，不多的
	spiritual	ˋspɪrɪtʃʊəl	心靈的，精神的
	sticky	ˋstɪkɪ	棘手的
	sticky	ˋstɪkɪ	具黏性的
	splendid	ˋsplɛndɪd	極好的
	splendid	ˋsplɛndɪd	壯麗的，雄偉的
	striking	ˋstraɪkɪŋ	顯著的，引人注目的
	striking	ˋstraɪkɪŋ	迷人的，漂亮的
	sympathetic	ˌsɪmpəˋθɛtɪk	同情的
	sympathetic	ˌsɪmpəˋθɛtɪk	支持的，贊同的
	upright	ˋʌpˌraɪt	直立的
	upright	ˋʌpˌraɪt	正直的

The time is ripe.	時機成熟
rural life	鄉村生活
She looks slim.	她看起來很苗條
slim budget	預算微薄
spiritual guidance	心靈引導
sticky situation	棘手的情況
sticky tape	膠帶
splendid idea	極好的主意
splendid palace	壯麗的宮殿
striking similarity	顯著的相似點
very striking woman	很漂亮的女性
sympathetic to the poor	同情窮人
sympathetic to the plan	支持這項計畫
upright vacuum cleaner	直立式吸塵器
He's an upright guy.	他是正直的傢伙

tame	tem	經馴養的,溫馴的
tame	tem	單調的,枯燥的
tidy	`taɪdɪ	整潔的
vain	ven	徒然的,枉然的
vain	ven	愛慕虛榮的,自負的
alleged	ə`lɛdʒd	有嫌疑的
ignorant	`ɪgnərənt	無知的
amazing	ə`mezɪŋ	驚人的
latter	`lætə	後面的,後半的
surrounding	sə`raʊndɪŋ	周圍的
thirsty	`θɜstɪ	口渴的
thirsty	`θɜstɪ	渴望的
universal	ˌjunə`vɜsl̩	全球性的,全世界的
universal	ˌjunə`vɜsl̩	普遍的,全體的
vegetarian	ˌvɛdʒə`tɛrɪən	蔬菜的

tame deer	溫馴的鹿
tame party	單調的派對
tidy room	整潔的房間
vain attempt	徒然嘗試
vain woman	愛慕虛榮的女性
alleged crime	涉嫌犯罪
ignorant remark	無知的言論
amazing discovery	驚人的發現
the latter half of the month	後半個月
surrounding area	周圍地區
thirsty kids	口渴的小孩
thirsty for change	渴望改變
Universal Copyright Convention	世界著作權公約
universal education	普及教育
vegetarian food	素食

explosive	ɪk`splosɪv	爆炸性的
explosive	ɪk`splosɪv	易爆炸的
overtime	`ovɚ,taɪm	超時的，加班的
qualified	`kwɑlə,faɪd	具備…資格（或條件）的
terminal	`tɜmənḷ	末端的，終點的
terminal	`tɜmənḷ	末期的
valid	`vælɪd	有效的
valid	`vælɪd	合理的，有根據的
payable	`peəbḷ	應付，可償付
freelance	`fri,læns	自由職業的
retail	`ritel	零售的
infant	`ɪnfənt	供嬰兒用的
metropolitan	,mɛtrə`pɑlətn̩	大都市的
cellular	`sɛljʊlɚ	（無線電話）蜂窩式的，細胞的
pharmaceutical	,fɑrmə`sjutɪkḷ	製藥的

explosive argument	爆炸性的論點
explosive bomb	炸彈
overtime work	超時工作
qualified for the job	具備這項工作的資格
terminal station	終點站
terminal cancer	癌症末期
valid for 30 days	有效期為30天
make a valid argument	提出有根據的論點
payable at sight	見票即付
freelance photographer	自由攝影師
retail store	零售店
infant clothing	嬰兒服
metropolitan area	都會區
cellular phone	手機
pharmaceutical discovery	製藥上的發現

	authorized	`ɔθəˏraɪzd	授權的
	dental	`fɛntl	牙科的
	equivalent	ɪ`kwɪvələnt	相等的
	unemployed	ˏʌnɪm`plɔɪd	失業的
	utility	ju`tɪlətɪ	多功能的
	introductory	ˏɪntrə`dʌktərɪ	入門的 , 引導的
	handicapped	`hændɪˏkæpt	殘障的
	irritating	`ɪrəˏtetɪŋ	惱人的
	designate	`dɛzɪgˏnet	指定而未上任的
	congratulatory	kən`grætʃələˏtorɪ	祝賀的
	depressed	dɪ`prɛst	沮喪的
	depressed	dɪ`prɛst	經濟蕭條的
	exclusive	ɪk`sklusɪv	專用的 , 獨家的 , 獨有的
	exclusive	ɪk`sklusɪv	高檔的 , 高級的
	exclusive	ɪk`sklusɪv	不包括

authorized signature	授權簽署
dental operation	牙科手術
an equivalent amount	相等數量
unemployed workers	失業員工
utility knife	美工刀
introductory classes	入門課程
handicapped access	殘障專用道
irritating words	惱人的話
the manager designate	即將上任的經理
congratulatory toast	祝賀詞
depressed mood	心情沮喪
depressed area of the city	城市中蕭條的地區
exclusive interview	獨家採訪
very exclusive restaurant	極高檔的餐廳
exclusive of breakfast	不含早餐

overwhelming	͵ovɚˋhwɛlmɪŋ	壓倒性的
pregnant	ˋprɛgnənt	懷孕的
inconvenient	͵ɪnkənˋvinjənt	不方便
eligible	ˋɛlɪdʒəbl̩	有資格的, 具備條件的
eligible	ˋɛlɪdʒəbl̩	中意的, 合意的
disabled	dɪsˋebl̩d	殘障的
beneficial	͵bɛnəˋfɪʃəl	有利的, 有幫助的
fascinating	ˋfæsn̩͵etɪŋ	迷人的, 極有吸引力的
relevant	ˋrɛləvənt	有關的
reliable	rɪˋlaɪəbl̩	可靠的, 可信賴的
premium	ˋprimɪəm	優質的, 高昂的
astonishing	əˋstɑnɪʃɪŋ	驚人的
consistent	kənˋsɪstənt	相符的, 一致的
damp	dæmp	潮濕的
ethnic	ˋɛθnɪk	種族的

overwhelming **evidence**	壓倒性的證據
pregnant **woman**	孕婦
inconvenient **timing**	不方便的時間
eligible **for the contest**	符合比賽資格
eligible **bachelor**	黃金單身漢
disabled **persons**	殘障同胞
beneficial **advice**	有幫助的建議
fascinating **voice**	迷人的嗓音
relevant **experience**	相關經驗
reliable **friend**	可靠的朋友
premium **truffle**	頂級松露
astonishing **achievement**	驚人的成就
consistent **with her style**	和她的風格一致
damp **weather**	潮濕的天氣
ethnic **origin**	種族血統

organic	ɔr`gænɪk	有機的
prompt	prɑmpt	立即的，迅速的
reluctant	rɪ`lʌktənt	勉強的，不情願的
risky	`rɪskɪ	有風險的
slippery	`slɪpərɪ	滑的
slippery	`slɪpərɪ	油滑的，靠不住的
ample	`æmpl	足夠的，充裕的
defendant	dɪ`fɛndənt	辯護的，被告的
persistent	pə`sɪstənt	持續的，不斷的
persistent	pə`sɪstənt	不屈不撓的
statistical	stə`tɪstɪkl	統計的
experimental	ɪkˌspɛrə`mɛntl	實驗的
massive	`mæsɪv	大量的
optimistic	ˌɑptə`mɪstɪk	樂觀的
overhead	`ovəˌhɛd	頭上方的，高架的

organic **vegetables**	有機蔬菜
prompt **response**	立即反應
reluctant **compromise**	勉強妥協
risky **investment**	有風險的投資
slippery **slope**	坡道很滑
slippery **guy**	滑頭的傢伙
ample **room**	寬敞的房間
defendant **witnesses**	被告的證人
persistent **questioning**	持續提問
persistent **salesperson**	不屈不撓的推銷員
statistical **analysis**	統計分析
experimental **results**	實驗結果
massive **losses**	大量損失
optimistic **predictions**	樂觀預測
overhead **lighting**	高架照明

refined	rɪˋfaɪnd	優雅的
ridiculous	rɪˋdɪkjələs	荒謬的
sole	sol	唯一的 , 專有的
substitute	ˋsʌbstəˏtjut	替補的
terrific	təˋrɪfɪk	非常好的
vital	ˋvaɪtḷ	生命的
vital	ˋvaɪtḷ	重要的
widespread	ˋwaɪdˏsprɛd	廣泛的 , 普遍的
fluent	ˋfluənt	流利的
accidental	ˏæksəˋdɛntḷ	意外的 , 偶然的
bankrupt	ˋbæŋkrʌpt	破產的
classified	ˋklæsəˏfaɪd	分類的
classified	ˋklæsəˏfaɪd	機密的
competent	ˋkɑmpətənt	有能力的
constructive	kənˋstrʌktɪv	建設性的

refined manners	舉止優雅
ridiculous statement	荒謬的聲明
sole heir	唯一繼承人
substitute teacher	代課老師
terrific idea	很好的主意
vital signs	生命跡象
vital city	重要城市
widespread approval	普遍認同
fluent Japanese	流利的日語
accidental benefits	意外的好處
bankrupt company	破產的公司
classified ad	分類廣告
classified information	機密資料
competent in 3 languages	會説3種語言
constructive criticism	有建設性的批評

costly	`kɔstlɪ	昂貴的 , 價錢高的
costly	`kɔstlɪ	代價高的
dedicated	`dɛdə,ketɪd	盡忠職守的 , 奉獻的
fiscal	`dɪskl̩	財政的
rigid	`rɪdʒɪd	嚴格的 , 嚴峻的
rigid	`rɪdʒɪd	堅硬的
vacant	`vekənt	空著的
vacant	`vekənt	(職位) 空缺的
vacant	`vekənt	茫然的
innovative	`ɪno,vetɪv	創新的 , 革新的
abandoned	ə`bændənd	被遺棄的
adventurous	əd`vɛntʃərəs	愛冒險的 , 大膽的
adventurous	əd`vɛntʃərəs	新奇的
aggressive	ə`grɛsɪv	侵略的
aggressive	ə`grɛsɪv	有進取心的

costly tuition	昂貴的學費
costly mistake	代價慘痛的錯誤
dedicated employee	盡忠職守的員工
fiscal year	會計年度
rigid morals	嚴格紀律
rigid cardboard	硬板紙
vacant apartment	空著的公寓
the position remains vacant	職位仍空著
have a vacant look	神情茫然
innovative marketing	創新的行銷
abandoned building	廢棄大樓
adventurous traveler	富冒險精神的旅人
adventurous taste	新奇的味道
aggressive tactics	侵略戰術
aggressive young man	有進取心的年輕人

circular	`sɝkjələ	圓形的
circular	`sɝkjələ	繞圈的
civilian	sɪ`vɪljən	平民的
consequent	`kɑnsəˌkwɛnt	因…而起的
delightful	dɪ`laɪtfəl	令人愉快的
dim	dɪm	黯淡的，昏暗的
dim	dɪm	模糊的，不清楚的
disgusting	dɪs`gʌstɪŋ	噁心的
fantastic	fæn`tæstɪk	很棒的，極好的
memorial	mə`morɪəl	追悼的
multiple	`mʌltəpl	多樣的
pessimistic	ˌpɛsə`mɪstɪk	悲觀的
satisfactory	ˌsætɪs`fæktərɪ	滿意的
ultimate	`ʌltəmɪt	最終的，終極的
administrative	əd`mɪnəˌstretɪv	行政的

circular **shape**	圓形
circular **motion**	圓周運動
civilian **life**	平民生活
consequent **fall in prices**	價格因而下跌
delightful **visit**	愉快的拜訪
dim **lighting**	昏暗的燈光
dim **memories**	模糊的記憶
disgusting **smell**	噁心的氣味
fantastic **vacation**	很棒的假期
memorial **service**	追思會
multiple **functions**	多功能
pessimistic **outlook**	悲觀的看法
barely satisfactory	差強人意
ultimate **career goal**	最終的生涯目標
administrative **assistant**	行政助理

	comparable	`kɑmpərəbḷ	類似的，可相比的
	deputy	`dɛpjətɪ	副的
	exceptional	ɪk`sɛpʃənḷ	卓越的，非凡的
	exceptional	ɪk`sɛpʃənḷ	特殊的，罕見的
	fake	fek	假的，偽造的
	fluid	`fluɪd	易變的
	foster	`fɔstɚ	領養的
	gorgeous	`gɔrdʒəs	燦爛的，華麗的
	gorgeous	`gɔrdʒəs	美麗動人的
	indifferent	ɪn`dɪfərənt	不關心的，冷漠的
	intermediate	ˌɪntɚ`midɪət	中等的
	intimate	`ɪntəmɪt	親密的，密切的
	intimate	`ɪntəmɪt	私人的
	motivated	`motɪvetɪd	積極的
	offshore	`ɔfʃor	海外的，境外的

scarcely comparable	幾乎比不上
deputy governor	副州長
exceptional talents	卓越的天賦
exceptional situations	特殊情況
fake money	假鈔
fluid thoughts	善變的想法
foster child	領養的小孩
gorgeous wedding dress	華麗的結婚禮服
gorgeous women	美麗佳人
indifferent to the politics	對政治漠不關心
intermediate level	中級
intimate friend	密友
intimate conversation	私人談話
motivated person	積極的人
offshore funding	海外資金

summary	`sʌmərɪ	總結的, 概要的
tremendous	trɪˋmɛndəs	極大的
worthwhile	ˏwɝθˋhwaɪl	值得的
utmost	`ʌtˏmost	最大的
corrupt	kəˋrʌpt	貪污的
awkward	`ɔkwəd	使用不便的
awkward	`ɔkwəd	笨拙的, 難看的
bulk	bʌlk	大量的, 大批的
courageous	kəˋredʒəs	英勇的
genuine	`dʒɛnjuɪn	真誠的
moderate	`mɑdərɪt	適度的, 中等的
opponent	əˋponənt	敵對的, 反對的
prevailing	prɪˋvelɪŋ	普遍的, 現行的
prevalent	`prɛvələnt	盛行的, 普遍的
prospective	prəˋspɛktɪv	可能的, 潛在的

summary report	總結報告
You've been a tremendous help.	你幫了很大的忙
worthwhile experience	值得的經驗
utmost importance	至關重大
corrupt officials	貪污的官員
It is awkward to carry.	這攜帶不便
awkward gesture	笨拙的姿勢
bulk mining	大量開採
courageous action	英勇的行為
genuine apology	真誠的道歉
moderate exercise	適度的運動
opponent side	敵方
prevailing wage	普遍工資
prevalent among teenagers	在青少年中很普遍
prospective client	潛在客戶

punctual	`pʌŋktʃuəl	準時的
rash	ræʃ	倉促的，草率的
routine	ru`tin	例行的，常規的
suspicious	sə`spɪʃəs	可疑的
tragic	`trædʒɪk	不幸的，悲慘的
tragic	`trædʒɪk	悲劇的
adequate	`ædəkwɪt	足夠的，合乎需要的
adequate	`ædəkwɪt	尚可的，差強人意的
attentive	ə`tɛntɪv	注意的，專心的
attentive	ə`tɛntɪv	關心的，周到的
controversial	ˌkɑntrə`vɝʃəl	有爭議的
monetary	`mʌnəˌtɛrɪ	貨幣的，金錢的
optional	`ɑpʃənḷ	可選擇的，選修的
preliminary	prɪ`lɪməˌnɛrɪ	初步的
absurd	əb`sɝd	荒謬的

punctual **arrival**	準時抵達
rash **decision**	倉促的決定
routine **appointment**	例行的約會
suspicious **behavior**	可疑的行為
tragic **consequence**	不幸的後果
tragic **story**	悲劇故事
adequate **confidence**	充足的信心
adequate **performance**	差強人意的演出
attentive **listening**	專心傾聽
attentive **service**	周到的服務
controversial **policy**	有爭議的政策
monetary **support**	金錢資助
optional **participation**	自由參加
preliminary **evidence**	初步證據
absurd **excuse**	荒謬的藉口

☐☐	**concrete**	`kɑnkrit	具體的
☐☐	**contemporary**	kən`tɛmpə,rɛrɪ	當代的
☐☐	**desperate**	`dɛspərɪt	拚命,孤注一擲
☐☐	**desperate**	`dɛspərɪt	極度渴望的
☐☐	**fertile**	`fɝtl̩	肥沃的
☐☐	**fierce**	fɪrs	激烈的
☐☐	**gloomy**	`glumɪ	陰鬱的
☐☐	**literal**	`lɪtərəl	逐字的
☐☐	**objective**	əb`dʒɛktɪv	客觀的
☐☐	**offensive**	ə`fɛnsɪv	冒犯人的,得罪人的
☐☐	**preceding**	pri`sidɪŋ	先前的
☐☐	**virtual**	`vɝtʃuəl	虛擬的
☐☐	**virtual**	`vɝtʃuəl	實際上的,事實上的
☐☐	**prominent**	`prɑmənənt	傑出的,著名的
☐☐	**prominent**	`prɑmənənt	突起的,突出的

concrete proposal	具體的建議
contemporary design	當代設計
desperate attempt	拚命的嘗試
be desperate to see him	極度渴望見到他
fertile soil	土地肥沃
fierce competition	競爭激烈
gloomy day	陰鬱的日子
literal translation	逐字翻譯
objective perspective	客觀的觀點
offensive behavior	得罪人的行為
preceding examples	先例
virtual reality	虛擬實境
virtual independence	事實上的獨立
prominent director	傑出的導演
prominent forehead	前額突出

	racial	`reʃəl	種族的
	random	`rændəm	隨機的
	rational	`ræʃənl̩	合理的
	swift	swɪft	快速的
	diligent	`dɪlədʒənt	勤勉的，勤奮的
	diligent	`dɪlədʒənt	費盡心力的
	earnest	`ɜnɪst	認真的
	fruitful	`frutfəl	有成效的
	inferior	ɪn`fɪrɪɚ	較差的
	thoughtful	`θɔtfəl	沉思的
	thoughtful	`θɔtfəl	體貼的，考慮周到的
	coarse	kors	粗俗的，粗魯的
	coarse	kors	粗糙的
	compulsory	kəm`pʌlsərɪ	義務的，強制的
	cosmetic	kɑz`mɛtɪk	整容的

racial equality	種族平等
random selection	隨機挑選
rational decision	合理的決定
swift action	行動快速
diligent writer	勤奮的作家
diligent research	費心的研究
earnest man	認真的男人
fruitful project	成功的專案
inferior product	次級品
thoughtful expression	沉思的表情
he is thoughtful of his girlfriend	他對女友很體貼
coarse manner	舉止粗魯
coarse hair	頭髮粗糙
compulsory education	義務教育
cosmetic surgery	整型手術

☐☐	**courteous**	`kɝtjəs	客氣的，有禮的
☐☐	**cozy**	`kozɪ	舒適的
☐☐	**deliberate**	dɪ`lɪbərɪt	謹慎的，慎重的
☐☐	**deliberate**	dɪ`lɪbərɪt	蓄意的，故意的
☐☐	**devoted**	dɪ`votɪd	忠誠的，全心全意的
☐☐	**ethical**	`ɛθɪkl̩	倫理的
☐☐	**misleading**	mɪs`lidɪŋ	誤導人的
☐☐	**obscure**	əb`skjʊr	模糊的，不清的，難解的
☐☐	**sophisticated**	sə`fɪstɪˌketɪd	老練的，見過世面的
☐☐	**sophisticated**	sə`fɪstɪˌketɪd	複雜的，先進的，精密的
☐☐	**vicious**	`vɪʃəs	惡意的
☐☐	**secondhand**	`sɛkəndhænd	二手的
☐☐	**simultaneous**	ˌsaɪml̩`tenɪəs	同步的
☐☐	**trivial**	`trɪvɪəl	瑣碎的，不重要的
☐☐	**unconscious**	ʌn`kɑnʃəs	無意識的

courteous host	客氣的主人
cozy bedroom	舒適的臥室
deliberate decision	慎重的決定
told a deliberate lie	蓄意說謊
devoted Buddhist	虔誠的佛教徒
ethical problem	倫理問題
misleading statement	誤導性陳述
obscure motivations	動機不明
sophisticated woman	見過世面的女人
sophisticated transportation system	先進的運輸系統
vicious attack	惡意攻擊
secondhand furniture	二手家具
simultaneous broadcast	同步轉播
trivial problem	瑣碎的問題
an unconscious mistake	無意之過

unreasonable	ʌnˋriznəbl	無理的，不合理的
mobile	ˋmobil	可移動的
serial	ˋsɪrɪəl	連續的
comprehensive	ˌkɑmprɪˋhɛnsɪv	全面的，綜合的
demanding	dɪˋmændɪŋ	要求高的
determined	dɪˋtɝmɪnd	決心的，決定的
determined	dɪˋtɝmɪnd	堅決的，堅定的
processed	ˋprɑsɛst	經過加工處理的
sentimental	ˌsɛntəˋmɛntl	情感的，感傷的
sweeping	ˋswipɪŋ	廣泛的，全面的，徹底的
complimentary	ˌkɑmpləˋmɛntərɪ	讚美的，恭維的
complimentary	ˌkɑmpləˋmɛntərɪ	免費贈送的
allergic	əˋlɝdʒɪk	過敏（性）的
affordable	əˋfɔrdəbl	負擔得起的
incentive	ɪnˋsɛntɪv	獎勵的

unreasonable **request**	無理的要求
mobile **phone**	行動電話
serial **numbers**	連續的號碼
comprehensive **consideration**	全面的考量
demanding **job**	要求高的工作
be determined **to finish today**	決心今天完成
determined **support**	堅決支持
processed **cheese**	加工乳酪
sentimental **about good old days**	為過去的好時光感傷
sweeping **reforms**	全面改革
complimentary **remarks**	讚美之辭
complimentary **breakfast**	免費早餐
allergic **reaction**	過敏性反應
affordable **price**	價格合理
incentive **payment**	獎勵金

☐☐	**intensive**	ɪnˋtɛnsɪv	密集的，加強的
☐☐	**intensive**	ɪnˋtɛnsɪv	集約的
☐☐	**temperate**	ˋtɛmprɪt	溫帶的，溫和的
☐☐	**interactive**	͵ɪntɚˋæktɪv	互動式的
☐☐	**petty**	ˋpɛtɪ	小的，小型的
☐☐	**petty**	ˋpɛtɪ	心胸狹窄的
☐☐	**stale**	stel	腐壞的，不新鮮的
☐☐	**stale**	stel	無新意的
☐☐	**municipal**	mjuˋnɪsəpl̩	市立的，市政的
☐☐	**prior**	ˋpraɪɚ	先前的，較早的
☐☐	**prior**	ˋpraɪɚ	優先的
☐☐	**subsidiary**	səbˋsɪdɪ͵ɛrɪ	附屬的，輔助的
☐☐	**surplus**	ˋsɝpləs	剩餘的，過剩的
☐☐	**jobless**	ˋdʒɑblɪs	失業的
☐☐	**juvenile**	ˋdʒuvənl̩	少年的

intensive **training**	密集訓練
intensive **agriculture**	集約農業
temperate **climate**	溫帶氣候
interactive **software**	互動式軟體
petty **grievance**	小牢騷
petty **person**	心胸狹窄的人
stale **crackers**	壞掉的餅乾
stale **ideas**	了無新意的想法
municipal **building**	市政大樓
prior **experience**	先前經驗
prior **obligation**	優先義務
subsidiary **company**	子公司
surplus **products**	過剩的產品
jobless **rate**	失業率
juvenile **court**	少年法庭

☐☐	**scenic**	ˋsinɪk	風景的
☐☐	**digital**	ˋdɪdʒɪtl̩	數位的
☐☐	**digital**	ˋdɪdʒɪtl̩	數字顯示的
☐☐	**hazardous**	ˋhæzədəs	危險的
☐☐	**slack**	slæk	鬆弛的
☐☐	**civic**	ˋsɪvɪk	市民的，城市的
☐☐	**confidential**	͵kɑnfəˋdɛnʃəl	機密的
☐☐	**legendary**	ˋlɛdʒən͵dɛrɪ	傳說的，傳奇的
☐☐	**messy**	ˋmɛsɪ	髒亂的
☐☐	**pedestrian**	pəˋdɛstrɪən	行人的，步行的
☐☐	**pedestrian**	pəˋdɛstrɪən	無趣的，乏味的
☐☐	**superb**	suˋpɝb	一流的
☐☐	**wholesale**	ˋhol͵sel	批發的
☐☐	**authentic**	ɔˋθɛntɪk	真正的，真實的
☐☐	**integrated**	ˋɪntəgr͵etɪd	整合的，綜合的

scenic overlook	觀景台
digital camera	數位相機
digital thermometer	數字溫度計
hazardous materials	危險物質
slack cord	鬆弛的繩索
civic duty	市民的義務
confidential letter	機密信件
legendary navigator	傳奇航海家
messy house	髒亂的房子
pedestrian walkway	行人專用步道
pedestrian plot	乏味的情節
superb film	一流電影
wholesale fruits and vegetables	批發蔬果
authentic report	真實的報導
integrated management	綜合管理

lightweight	ˋlaɪtˌwet	輕量的，輕型的	
lightweight	ˋlaɪtˌwet	無足輕重的	
quarterly	ˋkwɔrtəlɪ	季度的	
adjacent	əˋdʒesənt	相鄰的	
nutrient	ˋnjutrɪənt	有營養的	
overdue	ˋovɚˋdju	過期的	
consecutive	kənˋsɛkjʊtɪv	連續的	
anonymous	əˋnɑnəməs	匿名的，不知姓名的	
concise	kənˋsaɪs	簡潔的，簡明的	
picturesque	ˌpɪktʃəˋrɛsk	圖畫般的	
resistant	rɪˋzɪstənt	抗 ... 的	
resistant	rɪˋzɪstənt	抵抗的，抵制的	
subsequent	ˋsʌbsɪˌkwɛnt	隨後的，後續的	
wholesome	ˋholsəm	安全的，有益健康的	
adolescent	ˌædļˋɛsṇt	青少年的，青春期的	

lightweight bike	輕型自行車
lightweight man	無足輕重的人
quarterly report	季度報告
adjacent offices	相鄰的辦公室
nutrient food	營養的食物
overdue books	書籍逾期
consecutive days	連續幾天
anonymous writer	匿名作家
concise summary	簡潔的摘要
picturesque scene	圖畫般的風景
rot resistant wood	防腐木材
resistant to change	抵制改變
subsequent jobs	後續作業
wholesome environment	安全環境
adolescent times	青少年時期

considerate	kən`sɪdərɪt	貼心的
epidemic	ˌɛpɪ`dɛmɪk	傳染的，流行的
fragrant	`fregrənt	芳香的
memorable	`mɛmərəbl	值得懷念的
prestigious	prɛs`tɪdʒɪəs	有名望的
preventive	prɪ`vɛntɪv	預防的
skeleton	`slɛlətn	最基本的
fabulous	`fæbjələs	好聽的
multinational	ˌmʌltɪ`næʃənl	跨國的，多國的
obsolete	`ɑbsəˌlit	過時的，淘汰的
pinpoint	`pɪnˌpɔint	精確的
rigorous	`rɪgərəs	嚴格的，嚴峻的
skeptical	`skɛptɪkl	懷疑的
faulty	`fɔltɪ	有缺陷的
mandatory	`mændəˌtɔrɪ	強制的，法定的

considerate **child**	貼心的小孩
epidemic **proportions**	傳染的比例
fragrant **perfume**	芳香的香水
memorable **vacation**	值得懷念的假期
prestigious **school**	名校
preventative **medicine**	預防藥
skeleton **staff**	最基本的人員
fabulous **song**	好聽的歌曲
multinational **company**	跨國公司
obsolete **computer**	過時的電腦
pinpoint **accuracy**	高度精確
rigorous **graduate program**	嚴格的研究生課程
skeptical **reply**	持疑的回應
faulty **LCD**	有缺陷的液晶螢幕
mandatory **attendance**	強制參加

saturated	ˋsætʃəˏretɪd	溼透的
saturated	ˋsætʃəˏretɪd	飽和的
sluggish	ˋslʌgɪʃ	緩慢的, 遲滯的
sluggish	ˋslʌgɪʃ	懶洋洋的
meteorological	ˏmitɪərəˋlɑdʒɪkl̩	氣象的
supplementary	ˏsʌpləˋmɛntəri	補充的, 額外的
decent	ˋdisn̩t	像樣的, 還不錯的
decent	ˋdisn̩t	正派的, 合乎禮儀的
genetic	dʒəˋnɛtɪk	遺傳的
rusty	ˋrʌstɪ	生鏽的
incorporated	ɪnˋkɔrpəˏretɪd	組成法人的, 組成公司的
sanitary	ˋsænəˏtɛrɪ	公共衛生的
unanimous	juˋnænəməs	全體一致的
indispensable	ˏɪndɪsˋpɛnsəbl̩	必須的, 不可或缺的
witty	ˋwɪtɪ	機智的

saturated **sponge**	吸飽水的海綿
saturated **fat**	飽和脂肪
sluggish **economy**	經濟停滯
feel **sluggish** and sleepy	感覺懶洋洋想睡覺
meteorological **predictions**	氣象預報
supplementary **information**	補充資料
a decent **job**	像樣的工作
decent **fellows**	正派人士
genetic **disease**	遺傳疾病
rusty **nail**	生鏽的釘子
incorporated **body**	法人團體
sanitary **precautions**	公共衛生措施
unanimous **approval**	全體贊成
indispensable **employee**	不可或缺的員工
witty **comeback**	機智的反駁

☐☐	**ambiguous**	æm`bɪgjʊəs	含糊不清的
☐☐	**compatible**	kəm`pætəbl̩	相容的
☐☐	**compatible**	kəm`pætəbl̩	相處融洽的
☐☐	**customary**	`kʌstəmˌɛrɪ	習慣上的
☐☐	**disposable**	dɪ`spozəbl̩	拋棄式的，免洗的
☐☐	**durable**	`djʊrəbl̩	耐用的
☐☐	**marketable**	`mɑrkɪtəbl̩	暢銷的，有銷路的
☐☐	**online**	`ɑnˌlaɪn	線上的
☐☐	**extinct**	ɪk`stɪŋkt	滅絕的
☐☐	**chronic**	`krɑnɪk	慢性的
☐☐	**dubious**	`djubɪəs	可疑的
☐☐	**duplicate**	`djupləkɪt	複製的，副本的
☐☐	**exempt**	ɪg`zɛmpt	免除的
☐☐	**premature**	ˌprimə`tʃʊr	過早的
☐☐	**premature**	ˌprimə`tʃʊr	倉促的，草率的

ambiguous **statement**	含糊不清的敘述
compatible **software**	相容的軟體
They're very compatible **couple.**	他們是很融洽的情侶
customary **remarks**	慣用詞
disposable **plates**	免洗盤
durable **tools**	耐用的工具
marketable **products**	暢銷產品
online **marketing**	線上行銷
extinct **species**	絕種
chronic **disease**	慢性病
dubious **motives**	動機可疑
duplicate **key**	備份鑰匙
exempt **from taxes**	免稅
premature **aging**	未老先衰
premature **decision**	倉促的決定

☐☐	**nutritious**	nju`trɪʃəs	營養的
☐☐	**diverse**	daɪ`vɝs	不同的，相異的
☐☐	**diverse**	daɪ`vɝs	多樣化的
☐☐	**profound**	prə`faʊnd	深切的，深遠的
☐☐	**profound**	prə`faʊnd	深奧的，淵博的
☐☐	**subtle**	`sʌtl̩	微妙的，細微的
☐☐	**subtle**	`sʌtl̩	機智的，機巧的
☐☐	**vigorous**	`vɪgərəs	充滿活力的
☐☐	**dreadful**	`drɛdfəl	可怕的
☐☐	**elaborate**	ɪ`læbərɪt	詳盡的，精心製作的
☐☐	**transparent**	træns`pɛrənt	透明的，清澈的
☐☐	**transparent**	træns`pɛrənt	顯而易見的，容易看穿的
☐☐	**binding**	`baɪndɪŋ	必須遵守的，有約束力的
☐☐	**commonplace**	`kɑmən͵ples	司空見慣的
☐☐	**crude**	krud	粗糙的，粗略的

nutritious meal	營養餐
diverse interest	不同的興趣
diverse investment portfolio	多樣化投資組合
profound effect	影響深遠
profound theory	深奧的理論
subtle change	微妙的變化
subtle behavior	機智的行為
vigorous exercise	劇烈運動
dreadful news	可怕的新聞
elaborate story	詳盡的故事
transparent material	透明材質
transparent attempt	顯而易見的企圖
binding contract	有約束力的契約
commonplace occurrence	司空見慣的事
crude prototype	粗略的雛形

☐☐	**crude**	krud	天然的，未經加工的
☐☐	**dismal**	`dɪzml	陰鬱的，悲慘的
☐☐	**forthcoming**	ˌforθ`kʌmɪŋ	即將到來的
☐☐	**fringe**	frɪndʒ	附加的
☐☐	**legitimate**	lɪ`dʒɪtəmɪt	合理的，合法的
☐☐	**liable**	`laɪəbl	容易 ... 的，可能 ... 的
☐☐	**liable**	`laɪəbl	有法律責任的，有義務的
☐☐	**monotonous**	mə`nɑtənəs	單調的
☐☐	**polar**	`polə	對立的
☐☐	**polar**	`polə	北極的
☐☐	**straightforward**	ˌstret`fɔrwəd	簡單的，坦率的
☐☐	**subjective**	səb`dʒɛktɪv	主觀的
☐☐	**tedious**	`tidɪəs	冗長乏味的
☐☐	**textile**	`tɛkstaɪl	紡織的
☐☐	**verbal**	`vɝbl	口頭的

crude oil	原油
dismal attic room	陰鬱的閣樓房間
forthcoming World Cup	即將到來的世界杯
fringe benefit	附加福利
legitimate excuse	合理的藉口
liable to get hurt	可能會受傷
liable for the injury	對傷害應負起責任
monotonous presentation	單調的報告
polar opposite	截然相反
polar bear	北極熊
straightforward approach	簡單的方法
subjective opinion	主觀意見
tedious work	乏味的工作
textile industry	紡織業
verbal warning	口頭警告

☐☐	**vertical**	`vɝtɪk]̩	垂直的
☐☐	**weary**	`wɪrɪ	厭倦的
☐☐	**biased**	`baɪəst	有偏見的
☐☐	**drastic**	`dræstɪk	激烈的,嚴厲的
☐☐	**ecological**	͵ɛkə`lɑdʒɪkəl	生態的
☐☐	**furious**	`fjʊərɪəs	狂怒的
☐☐	**rotten**	`rɑtn̩	腐爛的
☐☐	**spontaneous**	spɑn`tenɪəs	不由自主的,自發的
☐☐	**tolerant**	`tɑlərənt	可耐 … 的
☐☐	**tolerant**	`tɑlərənt	寬容的
☐☐	**barren**	`bærən	荒蕪的
☐☐	**coherent**	ko`hɪrənt	條理清楚的
☐☐	**fragile**	`frædʒaɪl	易碎的
☐☐	**fragile**	`frædʒaɪl	虛弱的
☐☐	**humiliating**	hju`mɪlɪ͵etɪŋ	丟臉的,恥辱的

vertical **farming**	垂直耕作
weary **of travel**	厭倦旅行
biased **opinion**	偏見
drastic **measures**	激烈的手段
ecological **effects**	生態影響
furious **mood**	大發雷霆
rotten **apples**	腐爛的蘋果
spontaneous **laughter**	不由自主的笑
tolerant **of heat**	耐熱
tolerant **parents**	寬容的父母
barren **land**	荒島
coherent **argument**	條理清楚的論點
fragile **glass**	易碎的玻璃
fragile **condition**	身體虛弱
humiliating **defeat**	恥辱的失敗

☐☐	**judicial**	dʒuˋdɪʃəl	司法的
☐☐	**ongoing**	ˋɑnˏgoɪŋ	持續進行的
☐☐	**pending**	ˋpɛndɪŋ	待辦的, 待解決的
☐☐	**periodical**	ˏpɪrɪˋɑdɪk]	期刊的
☐☐	**subordinate**	səˋbɔrdn̩ɪt	下級的, 次要的
☐☐	**toxic**	ˋtɑksɪk	有毒的
☐☐	**vulnerable**	ˋvʌlnərəb]	易受傷害的, 脆弱的
☐☐	**conspicuous**	kənˋspɪkjuəs	出色的, 搶眼的
☐☐	**implicit**	ɪmˋplɪsɪt	含蓄的
☐☐	**superficial**	ˋsupəˋfɪʃəl	膚淺的
☐☐	**affluent**	ˋæfluənt	富裕的
☐☐	**diabetic**	ˏdaɪəˋbɛtɪk	(患) 糖尿病的
☐☐	**hectic**	ˋhɛktɪk	忙碌的, 忙亂的
☐☐	**immune**	ɪˋmjun	免疫的
☐☐	**lucrative**	ˋlukrətɪv	賺錢的

judicial system	司法體制
ongoing conversation	進行中的對話
pending cases	未結案件
periodical library	期刊書庫
subordinate employees	下屬
toxic waste	毒廢料
vulnerable to disease	容易生病
conspicuous appearance	出色的外表
implicit warning	含蓄的警告
superficial values	價值觀膚淺
affluent family	富裕的家庭
diabetic grandmother	患糖尿病的祖母
hectic schedule	繁忙的行程
immune system	免疫系統
lucrative business	賺錢的生意

renowned	rɪˋnaʊnd	有名的, 有聲譽的
vocational	voˋkeʃən̩l	職業的
void	vɔɪd	缺乏的, 空的
sustainable	səˋstenəb̩l	永續的, 不破壞生態平衡的
tangible	ˋtændʒəb̩l	明確的, 實際的, 有形的
tentative	ˋtɛntətɪv	試驗性的
affiliated	əˋfɪlɪˌetɪd	附屬的
articulate	ɑrˋtɪkjəlɪt	口才好的
delinquent	dɪˋlɪŋkwənt	拖欠的, 到期未付的
outright	ˋaʊtˌraɪt	完全的, 徹底的
phony	ˋfonɪ	假的, 冒充的
provisional	prəˋvɪʒən̩l	臨時的, 暫時的

renowned doctor	名醫
vocational school	職業學校
void of meaning	無意義
sustainable development	永續發展
tangible evidence	證據確鑿
tentative plans	試驗性的計畫
affiliated organizations	附屬組織
very articulate woman	口才極佳的女性
delinquent on his taxes	他拖欠稅金
outright ownership	完全所有權
phony identification	假身分
a provisional government	臨時政府

halfway	`ˈhæfˈwe`	中途，半途
halfway	`ˈhæfˈwe`	meet sb. halfway 對 … 讓步、和 … 妥協
presumably	prɪˈzuməblɪ	很可能，大概
upright	`ˈʌpˌraɪt`	筆直地
allegedly	əˈlɛdʒɪdlɪ	據說
overtime	`ˈovəˌtaɪm`	超時，加班
freelance	`ˈfriˌlæns`	從事自由職業
retail	`ˈritel`	以零售方式
primarily	praɪˈmɛrəlɪ	主要地，根本地
overhead	`ˈovəˈhɛd`	在頭的上方
fluently	`ˈfluəntlɪ`	流利地
accidentally	ˌæksəˈdɛntlɪ	意外地
consequently	`ˈkɑnsəˌkwɛntlɪ`	因此
ultimately	`ˈʌltəmɪtlɪ`	最終地
beforehand	bɪˈforˌhænd	提前地

leave halfway	中途離開
meet him halfway	對他讓步
presumably finished	大概是完成了
stand upright	筆直站立
He allegedly was there.	據說他在那裡
work overtime	加班
works freelance	自由工作
sells retail for $100	以零售方式100元賣出
primarily his problem	根本是他的問題
fly overhead	從頭頂飛過
speak English fluently	英語說得流利
accidentally fall in love	意外地墜入愛河
Consequently, I won't come.	因此我不會來
I ultimately want to be manager.	我最終想成為經理
arrive beforehand	提前抵達

☐☐	**exceptionally**	ɪk`sɛpʃənəlɪ	格外地
☐☐	**offshore**	`ɔfʃor	海外, 境外
☐☐	**offshore**	`ɔfʃor	海上, 近海
☐☐	**awkwardly**	`ɔkwɝdlɪ	笨拙地
☐☐	**desperately**	`dɛspərɪtlɪ	拚命地
☐☐	**literally**	`lɪtərəlɪ	逐字, 按字面
☐☐	**literally**	`lɪtərəlɪ	真正地, 確實地
☐☐	**virtually**	`vɝtʃʊəlɪ	幾乎, 差不多
☐☐	**swiftly**	`swɪftlɪ	迅速地
☐☐	**earnestly**	`ɝnɪstlɪ	認真地
☐☐	**deliberately**	dɪ`lɪbərɪtlɪ	蓄意地
☐☐	**secondhand**	`sɛkəndhænd	間接地
☐☐	**simultaneously**	saɪməl`tenɪəslɪ	同時地
☐☐	**unconsciously**	ʌn`kɑnʃəslɪ	無意識地
☐☐	**prior**	`praɪɚ	prior to 在 ... 之前

exceptionally gifted	格外有天賦
invest offshore	在海外投資
fish offshore	近海捕魚
awkwardly hugged	笨拙地擁抱
desperately seek employment	拚命找工作
translate literally	按字面翻譯
I literally ate nothing.	我真的什麼都沒吃
virtually lived in her friend's house	幾乎住在她朋友家了
swiftly decided	迅速決定
listened earnestly	認真傾聽
deliberately deceived	蓄意矇騙
heard secondhand	間接聽到
say the word simultaneously	同時說出那句話
unconsciously opened it	無意識地打開
worked prior to school	在上學之前工作

wholesale	`hol﹐sel	大批地	
quarterly	`kwɔrtəlɪ	按季地	
concisely	kən`saɪslɪ	簡潔地	
temporarily	`tɛmpə﹐rɛrəlɪ	暫時地	
decently	`disn̩tlɪ	體面地，像樣地	
unanimously	juˋnænəməslɪ	全體一致地	
online	`ɑn﹐laɪn	上網，線上	
spontaneously	spɔnˋteniəsli	不由自主地	
outright	`aʊt﹐raɪt	完全地，徹底地	
outright	`aʊt﹐raɪt	直接地，直率地	
via（介系詞）	ˋvaɪə	經由，憑藉	
pending（介系詞）	`pɛndɪŋ	直到…為止	

buy wholesale	大量購買
file quarterly	按每季歸檔
spoke concisely	簡潔扼要地説
temporarily unavailable	暫時無法提供
dress decently	衣著得體
unanimously accepted	全體一致接受
search online	上網搜尋
spontaneously laughed	不由自主地笑
They outright rejected my offer.	他們徹底拒絕我的提議
tell me outright	直接告訴我
communicate via email	藉電子郵件溝通
pending her return	直到她回來

memo

memo

秒殺TOEIC金、藍色證書：3,400例句掌握多益最愛考單字
/Heather Scobie著；席菈編譯. -- 初版. -- 臺北市：
笛藤出版圖書有限公司, 2023.03

　面；　公分

ISBN 978-957-710-888-3(平裝)

1.CST: 多益測驗 2.CST: 詞彙

805.1895　　　　　112002096

NEW TOEIC
3,400 例句

掌握新多益
最愛考單字

附QR Code 線上音檔

秒殺NEW TOEIC 金・藍色證書

2023年03月29日　初版第一刷　定價450元

作　　　者	Heather Scobie
譯　　　者	席菈
總 編 輯	洪季楨
編　　　輯	伍曉玥・葉艾青
美術編輯	王舒玕
編輯企劃	笛藤出版
發 行 所	八方出版股份有限公司
發 行 人	林建仲
地　　　址	台北市中山區長安東路二段171號3樓3室
電　　　話	(02) 2777-3682
傳　　　真	(02) 2777-3672
總 經 銷	聯合發行股份有限公司
地　　　址	新北市新店區寶橋路235巷6弄6號2樓
電　　　話	(02)2917-8022・(02)2917-8042
製 版 廠	造極彩色印刷製版股份有限公司
地　　　址	新北市中和區中山路二段380巷7號1樓
電　　　話	(02)2240-0333・(02)2248-3904
郵撥帳戶	八方出版股份有限公司
郵撥帳號	19809050